http://www.bbulmedia.com

귀환! 진유청!

귀환! 진유청!

5

북경의 진유청!

로토 신무협 장편 소설

뿔미디어

목차

第一章

새 친구!

"와…… 지짜 마이따!"

양 볼이 불룩하여 내뱉는 감탄사는 알아듣기가 어렵다.

씹던 건 삼키고 이야기를 하던지, 아니면 감탄을 나중에 하던지.

진유청의 옆에 빈 그릇이 쌓여 갈수록 식탁 맞은편에 앉은 강소연의 미간에 잡힌 주름도 진해진다.

이건 뭐, 거지새끼도 아니고.

아니, 지금은 거지새끼가 맞나?

강소연은 진유청이 가출했다는 얘길 전해 듣고, 과거에 진유청과 자신의 아들 경찬이가 어울리는 걸 싫어했던 자신의 마음엔 역시 이유가 있었던 거라 생각했다.

나이 열두 살에 가출이라니……. 더 볼 것도 없다. 저런 아이에게 무슨 휘황찬란한 앞날이 있을까.

강소연은 예전에도 싫었던 진유청이 더 미워졌다.

그런데 남편과 아들인 경찬이는 뭐가 그리 좋고 반가운지, 진유청을 보자마자 귀한 손님 모시듯 집으로 데려와 밥때가 아닌 데도 한 상 거하게 차려 먹이며 연신 웃고 있는 게 아닌가.

강소연의 심사가 편할 리가 없었다.

"다들 식사하셨나요? 저희만 먹으니 좀 미안해서……."

진유청이 빈 밥그릇을 아쉬운 듯 바라보며 말한다.

"이 시간이면 다들 식사하고 잠자리에 들 시간이 아니더냐. 우린 배가 부르니 신경 쓰지 말거라."

이 오밤중에 들이닥쳐 태연히 밥을 먹고 있는 자체가 이미 민폐가 아니냐며 강소연이 대놓고 핀잔을 준다.

"그러게요. 낮에 들어와서 함께 점심을 먹었으면 참 좋았을 텐데……. 저도 아쉬운 거 있죠?"

이어 진유청이 목을 좌우로 움직이며 뭉친 곳을 푸는 시늉을 한다.

"담벼락에 기대 잤더니 목도 좀 아픈 거 같고……."

진유청의 다음 말이 뭐가 될지 움찔한 강소연이 남편 이청강의 눈치를 본다.

그렇지 않아도 진유청과 그 친구 되는 아이를 집에 들이지 않은 것 때문에 크게 한소리 들은 참이다.

괜히 말을 꺼냈다가 본전도 못 찾은 강소연이 쌜쭉한 얼굴로, 시중을 들기 위해 기다리고 있던 하녀를 본다.

"음식을 더 내오거라."

강소연의 눈치를 살핀 하녀가 가볍게 고개를 숙여 보인 뒤 부엌에 알리기 위해 밖으로 나갔다.

"뭐, 그러실 필요까진 없지만, 주시는 거니 잘 먹겠습니다!"

밝은 어조로 얘기하는 진유청의 입꼬리가 삐죽 솟구친다.

강소연은 더 이상 저 얄미운 얼굴을 보고 싶지가 않아 자리에서 일어났다.

"저는 피곤해서 이만 들어가 볼게요."

이청강은 부인의 행동이 마음에 들진 않았으나, 억지로 앉아 있어 봤자 인상만 더 쓸 게 뻔했기에 그냥 고개를 끄덕였다.

"너희들도 '많이' 먹거라."

강소연이 진유청과 나채환을 일별한 뒤 쌀쌀맞게 몸을 돌려 밖으로 나갔다.

"너네 어머니는 여전하시네."

진유청이 입맛을 다시며 젓가락을 내려놓는다.

"더 먹어……."

어머니의 행동에 자기가 더 미안해진 이경찬이 진유청에

게 권한다.

"응, 밥 가져오면."

반찬만 먹을 순 없잖아?

진유청이 비어 있는 밥그릇을 검지로 가리킨다.

그렇게 진유청의 옆에 처음 쌓인 것보다 두 배나 많은 그릇이 더 얹어진 후에야 길고 길었던 식사 시간이 끝났다.

"아아, 배불러."

올챙이처럼 뽈록해진 배를 두 손으로 쓰다듬으며 진유청이 만족한 표정을 짓는다.

제 아버지와 형이 얼마나 애지중지하던 아이인데, 밥도 굶고 다녔나 싶어 안쓰러운 마음에 이청강이 혀를 찬다.

"내일 진가장에 연락을 해야겠구나."

"지, 집에요?"

진유청이 마른침을 삼킨다.

"그럼 연락하지 않으려 했느냐?"

좀처럼 진유청 앞에선 냉기를 뿜지 않는 이청강의 눈매가 매서워진다.

"네 아버지는 물론이고, 네 형도 널 걱정하다가 결국 진가장주의 만류도 뿌리치고 진가장을 나와 널 찾아다니고 있다."

헉! 혀, 형님도 가출을?

진유청의 얼굴이 새하얗게 질렸다.

이제 아버지를 만나면 엉덩이에 불나는 정도로 끝나지 않을 거고, 형님을 만나면…… 하늘에서 뚝뚝 떨어지는 얼음덩이에 맞아 죽을지도?

온갖 상념이 교차하는 가운데, 그래도 자신이 잘못한 건 아는지 투덜대진 않는다.

"대체 네 아버지에게 걱정 한 번 끼친 적 없는 네가 왜 가출을 감행했으며, 일 년이 넘는 시간 동안 연락도 없이 어디서 무얼 하고 있었느냐."

보통의 열두 살짜리가 가출을 하여 그만큼 시간이 경과했으면, 죽었다고 봐도 너무 과한 판단은 아니다.

요즘같이 세상이 험하고 각박한 때에 어린아이들은 어른들보다 쉽게 험한 일에 노출되고, 그렇게 되면 대부분이 죽어 나가거나 살아도 산 게 아닌 힘겨운 생활을 해야 했으니까.

그나마 자신들이 진유청에겐 아무 일도 없을 거라 믿은 건, 말 그대로 녀석이 유청이기 때문이다.

그리고 다행히 이렇게 자신의 눈앞에 나타났고.

"저희는……."

진유청이 입을 연다.

무림학관을 나와서 산적, 산적, 또 산적 아저씨들을 만나서 알을 깨고, 깨고, 또 깨고…….

그러다 돈도 떨어지고, 길도 잃고, 채환이는 엄청나게 무서운 기운을 뿜어내고…….

진유청이 힐끔거리며 나채환의 얼굴을 살핀다.

녀석도 자신들의 가출 생활이 떠올랐는지 젓가락을 쥐고 있는 손등에 푸른 힘줄이 돋아 있다.

맞아, 좋은 기억은 아니었어, 그치?

진유청이 옆자리에 앉아 있는 나채환의 어깨에 손을 올리고 토닥거린다.

그래도 우리 잘 해냈잖아?

고개를 돌려 진유청의 씨익 웃는 얼굴을 바라본 나채환의 손이 젓가락을 내려놓고 주먹을 강하게 말아 쥔다.

부르르 떨리는 주먹으로 보건대 때릴까 말까 고민하는 듯.

진유청이 슬쩍 나채환의 시선을 외면하며 이청강에게 말했다.

"세상이 제 생각만큼 쉽지 않아, 고생을 하면서 돌고 돌아 이제야 왔습니다."

"그럼 세상이 어린아이인 네 생각처럼 쉬울 줄 알았느냐."

이청강은 일부러 더 엄하게 꾸짖었다.

"그러게 말입니다. 제가 그걸 잠시 잊었습니다. 아직 제가 어린아이란 것을요."

진유청이 씁쓸하게 답한다.

"······알았으면 됐다."

다른 아이도 아닌 유청이가 가출을 감행했다면, 꼭 그래야만 하는 이유가 있었던 게 아닐까 이청강은 종종 생각했다.

그는 진유청의 눈을 직시하고 그 안에 담겨 있는 것을 살핀다.

처음 봤던 여덟 살 때와 조금도 다르지 않은, 아니 더 맑고 깊어진 눈빛이 조금도 물러서지 않고 이청강의 시선과 마주했다.

이청강은 자신이 삼 년 가까이 품고 있던 의문을 드디어 풀 때가 됐다는 걸 느꼈다.

"예전에 하남을 떠나올 때, 경찬이를 통해 내게 전했던 말을 기억하느냐?"

"네. 똑똑히 기억하고 있습니다."

왔다, 왔어!

이 고비를 잘 넘겨야 하는데······!

진유청이 복잡한 속내를 감추며 또렷한 목소리로 대답했다.

"네 말대로 밤을 새워 깊은 이야기를 나눠 보자꾸나."

무거워지는 분위기를 깬 건 진유청 자신이 아니다.

"아버님, 유청이 너무 피곤해 보이는데, 내일 얘기하시면 안 되나요?"

이경찬이 끼어든다.

예의 바른 이경찬의 성격상 아버지의 얘기 중간에 끼어드는 건 정말 드문 일이지만, 무지 보고 싶었던 대장이 자신을 보러 왔는데, 아버지 혼자 독차지하고 놓아주지 않으니 답답했나 보다.

자신이 떠난 뒤의 친구들 얘기, 진가장 이야기, 무림학관에 갔다던데 거긴 또 어땠는지…….

이경찬이야말로 밤을 새도 못다 할 만큼 듣고 싶은 얘기, 하고 싶은 얘기가 많았다.

이청강은 자신이 아들의 마음을 너무 헤아려 주지 않았음을 깨닫고 진유청에게 말했다.

"진가장주와 이현이가 올 때까진 여기서 꼼짝 말고 있도록 해라. 알겠느냐?"

그러면 그사이 자신과 이야기를 나눌 시간은 충분히 있으리라.

"네, 알겠습니다."

어차피 부탁할 일이 있어 굳이 이가장으로 온 길이다.

부탁을 하기 전엔 튈 수도 없고, 진가장이 엉망이 됐다는데, 가출이니 뭐니 하며 한 번 더 배짱을 부릴 여유도 없다.

자신의 엉덩이가 새로운 무공을 익혀 금강불괴가 된다해도 그러면 안 되지.

혹시 자신의 마음이 금강불괴가 되어 어떤 충격에도 부서지지 않던지, 아니면 과거의 삶으로 돌아가 아버지나 형님을 미워한다면, 귀찮은 일 다 버리고 훌쩍 또 가출을 할 수 있을지도 모르지만 말이다.

"그래, 그러면 나가 보거라. 너와 네 친구가 묵을 방은 경찬이가 안내해 줄 터이니."

이청강이 아들에게 눈짓을 하자, 경찬이가 신이 나서 벌떡 일어난다.

"가자, 내 방과 가장 가까운 방으로 줄게!"

내일 강소연이 알면 완전 질색을 하며 손님방을 놔두고 왜 그랬느냐고 하겠지만, 지금 경찬이의 머릿속엔 어머니의 화 같은 건 떠오르지 않았다.

"그래, 신세 좀 지자."

역시 자신이 물고기 한 마리는 잘 낚았다 싶다.

진유청이 피식 웃으며 나채환과 함께 이경찬의 뒤를 따랐다.

오랜만에 보는 아들의 들뜬 모습에 이청강이 희미하게 미소를 지으면서도, 진가장에 뭐라 연락을 해야 할지에 생각이 미치니…….

"진가장은 물론 동심회까지 난리가 나겠군. 모두 다 북경으로 몰려오는 건 아니겠지…….."

아무리 이청강이라 해도 걱정을 안 할 수가 없었다.

진가장주가 둘째 아들을 귀히 여기지만, 그렇다고 잘못한 걸 그냥 넘어가 줄 만큼 녹록한 성격도 아니고, 제 동생 찾겠다고 무림에 나선 진이현은 또 어떤가…….

오늘 자신의 집 앞에서 발견되지 않았다면, 곧 금오상단은 물론이요, 소림, 무당, 개방의 도움을 받아 동심회가 대대적으로 나설 계획까지 갖고 있다 들었으니…….

진유청을 보자마자 혼내려는 사람, 말리는 사람, 꾸중하는 사람, 편드는 사람 등 갖가지 인물들이 들이닥칠 게 뻔했다.

"최소한의 인원만 오는 게 낫겠다고 진가장주에게 미리 언질을 주어야겠군."

그게 유청이를 위해서도, 자신의 아내인 강소연을 위해서도 좋을 것이다.

이청강이 간단하게 정리해 버린다.

역시나 깔끔한 일 처리가 칼날 같다는 형부상서다운 빠른 결정이었다.

"대장, 도대체 어떻게 된 거야?"

"말도 마라. 세상 참 더럽더라."

거기에 대해선 새삼스레 깨달을 것도 없을 거라 여겼던 진유청을 허탈하게 할 만큼 말이다.

"무슨 일이 있었는데 그래?"

북경에서 서희 공주를 보는 낙 외엔, 황태자 주태민의 심술을 받아 주며 달달 볶이는 일로 하루를 시작하고 끝내는 이경찬으로선 오히려 흥미가 동한다.

역시 대장은 대단해. 열두 살에 가출을 해서 세상을 경험하다니……

속으로 생각하는 게 얼굴에 그대로 드러난다.

"유청이가 일 년만 더 길을 잃고 헤매느라 북경에 도착하지 못했다면, 아마 세상 산적들이 모두 고자가 됐을 거다."

보다 못한 나채환이 이경찬의 환상을 깨려고 툭 뱉는 말은 이경찬에겐 별다른 악영향을 미치지 못한다.

"산적들이 고자가 돼?"

어떤 모험을 했기에 산적들을 고자로 만들 수 있지?

눈에서 빛이 쏟아져 나올 거 같은 호기심에 찬 이경찬을 본 나채환이 고개를 설레설레 저으며 입을 다물었다.

"있어, 그런 거."

이경찬의 시선이 진유청에게 향하자, 유청이가 귀찮은 듯 손사래를 치며 말한다.

"대장, 나도 가르쳐 줘. 나만 따돌리는 거야?"

알아서 좋을 거 하나 없는 얘기를 아주 궁금해하며 이경찬이 졸랐다.

"일단 방이나 안내해라. 피곤해 죽겠다. 제대로 된 침상에서 잠자 본 게 언젠지 기억도 안 나."

진유청이 졸음이 그득한 얼굴로 이경찬의 등을 민다.

정말 많이 피곤하구나 싶어 이경찬이 고개를 끄덕인 뒤 발을 앞으로 내딛는다.

"오래오래 있다가 가야 해!"

이경찬이 진유청에게 몇 번을 확인했다.

뒤에서 그 모습을 지켜보던 나채환은 형부상서댁 자제인 이경찬이 진유청을 정말 좋아하고 따른다는 걸 느낄 수 있었다.

진유청, 저 자식은 대체 정체가 뭘까?

같이 있던 시간이 벌써 삼 년에 가까워지는데도 도통 감을 잡을 수가 없었다.

"여기야. 푹 쉬어."

이경찬이 자신의 방과 가장 가깝고, 좋은 방을 골라 문을 연다.

잘 꾸며진 방 안은 왼쪽과 오른쪽 벽에 침상이 하나씩 놓여 있고, 가운데에는 제법 비싸 보이는 탁자와 의자가 있었다.

"방 좋은데?"

"으응…… 어머니가 특별히 신경 쓰신 곳이야."

이경찬이 황궁에 드나들기 시작하자, 너무 기뻤던 강소연은 혹시 황궁이나 유력 가문들의 자제가 놀러 왔을 때를 대비해 쉴 수 있는 공간을 만들어 놨다.

설마 그 자리를 진유청과 친구 되는 녀석이 차지할 거라 곤 전혀 생각지 못했을 것이다.

"그렇군. 아…… 좋다!"

침상이 눈에 들어오자마자 진유청이 후다닥 들어가 몸을 뉘이고는 꾸물거리며 이불을 덮는다.

이경찬은 너무너무 아쉬웠지만, 내일은 밤새 얘기를 나눌 수 있겠지 싶어 나채환에게 눈으로 인사를 한 뒤 방문을 닫았다.

"내일은 황궁에 가지 말까?"

이경찬이 하늘을 올려다보며 중얼거렸다.

사실 꼭 가서 황태자 전하와 함께 공부를 해야 하는 건 아닌데, 황후마마께서 매일 부르시고, 서희 공주를 보기 위해 열심히 드나들다 보니, 어쩌다 이렇게 됐다.

"그래, 내일은 다른 데 가지 말고 대장하고 놀아야지!"

이경찬이 다짐한다.

"아함, 나도 일찍 자야겠다!"

오늘은 왠지 삭막한 북경에서 벗어나 진가장에서 무진과 진호와 어울려 놀던 아홉 살 때의 꿈을 꿀 수 있을 것 같았다.

"대자아앙!"

아침에 일어나자마자 이경찬이 진유청의 방문을 열고 들어가려는데, 뭔가가 자신을 막는다.

시선을 위로 들어 올리니 이경찬보다 머리 하나는 더 큰 나채환이 막 밖으로 나가려던 차였는지 바로 앞에 서 있었다.

"대장은?"

"잔다."

"아직도……?"

이경찬이 묻지만, 나채환은 대답 없이 이경찬의 옆에 비어 있는 공간을 통해 성큼성큼 걸어간다.

평소 깔끔한 걸 좋아하는 이경찬으로선 부스스 이리저리 뻗친 머리가 아무렇지도 않은지 저 꼴을 하고도 잘 돌아다니는 나채환이 신기했다.

"아, 맞다!"

이경찬이 자신이 하려던 걸 다시 생각해 내곤 방 안으로 들어갔다.

그리고 진유청을 보는 순간…….

"아직도 자네?"

피곤한 건 피곤한 거고, 그래도 너무 오래 자는 거 아닌가?

유청이가 이틀을 꼬박 자고도 아직도 안 일어나니, 이청강도 말은 안 하지만 어디 아픈 건 아닌가 걱정하는 눈치였다.

"깨울까?"

팔짱을 낀 이경찬이 고민하지만, 이내 고개를 젓는다.

대장이 제일 싫어하는 게 잠 깨우는 거랑, 밥 축내는 거다.

"좀 더 자게 두자. 배고프면 알아서 일어나겠지."

이경찬이 아쉬운 듯 진유청을 한 번 더 돌아본 뒤 방을 나갔다.

그리고 다음날 새벽.

콰앙!

갑작스런 소리에 자신의 방에서 잠을 자던 이경찬이 벌떡 일어났다.

"뭐, 뭐야!"

두리번거리며 눈을 깜빡이는데, 문밖에 희끄무레한 사람 모습이 보인다.

새벽 달빛에 의지해 누군지 확인하려 해도, 잠에서 막 깬데다 너무 당황하여 초점이 잘 잡히지 않았다.

이경찬이 이불을 두 손으로 꼭 잡으면서 최대한 겁먹은 티를 내지 않으려 노력하는데…….

"넌 좀 똑똑해 뵈니 뭐 좀 물어봐도 되냐?"

이경찬이 마른침을 삼켰다. 자신의 똑똑함이 아주 널리

퍼진 모양이다.

도둑인지 강도인지 모를 사람도 알고 찾아올 정도로.

"뭐, 뭘요?"

"사람이 너무 많이 자면 죽을 수도 있나?"

두 번째 들어 보니 어딘지 귀에 익은 목소리다.

……너…….

"혹시 나채환이야?"

이경찬이 설마 하며 묻지만, 나채환은 경찬이의 물음엔 대답하지 않고 제 할 말만 한다.

"자다 죽은 사람은 없나?"

이 새벽에 왜 그게 궁금한데?

이경찬이 어이가 없어 하면서도 일단 대답한다.

"죽을 만큼 자는 사람이 세상에 어디 있어!"

"정말?"

"그래!"

병이 아닌 이상, 죽을 만큼 잘 수 있는 사람도 없을 게 분명했다.

이경찬의 반박에 나채환이 손가락을 내민다.

놀람이 가라앉자 초점이 또렷해진 이경찬이 눈을 가늘게 뜨고 나채환의 손가락을 주시한다.

하나둘…….

나채환의 손가락이 접힌다. 그리고 세 개째가 접혔을 때,

녀석이 입을 열었다.

"유청이. 사흘째다. 원래도 잠이 많긴 했지만, 저 정도로 자는 건 처음 본다."

자신이 잠을 청할 때까지만 해도 눈을 뜨면 일어난 진유청을 볼 수 있을 거라 여겼는데, 정작 새벽이 돼 옆을 돌아보니 어제와 똑같은 자세로 눈을 감고 있는 장면이 눈에 들어왔다.

소름이 쫙 끼친 나채환은 벌떡 일어나 진유청이 숨을 쉬는지 호흡을 확인하고는 바로 이리 온 것이다.

멀뚱히 나채환을 보고 있던 이경찬이 졸린 눈으로 어깨를 으쓱거린다.

사흘 잠을 자는 정도야 뭐, 대장이라면 그럴 수……?

사, 사흘?

어깨가 올라간 자세 그대로 굳는다.

고개를 옆으로 살짝 기울인 이경찬이 설마 하며 입을 열었다.

"어젯밤에도 안 깨어났어?"

잠에서 번뜩 깨어 기겁을 하고 묻는 말에 대답이 없는 건, 아마 그렇다는 긍정이겠지?

정말 어디 잘못된 거 아냐?

유청이에 대한 걱정으로 이경찬의 안색이 하얗게 질렸다 푸르게 변했다.

"가자!"

이경찬이 벌떡 일어나 나채환과 함께 진유청에게로 갔다.

"……도양기…… 너 잊은 거…… 아니아…… 밤 길…… 조심…… 냠냠."

나채환과 이경찬이 자고 있는 진유청을 내려다본다.

"자면서까지 저럴 정도면, 원한이 참 깊은가 보네?"

이경찬의 말에 나채환이 고개를 끄덕인다.

"그런데 도양기가 누구지?"

이경찬이 고개를 갸웃거린다.

"너도 모르는 애인가?"

어린 시절부터 친구라 들었으니 당연히 알 거라 여겼던 나채환이 의아해했다.

"응. 처음 들어."

진가장에서 함께 지냈던 아이들 중에서 이경찬은 관직을 가진 아비를 두었기에 금오상단의 친목 모임에 대해선 아는 게 없었다.

"누군지 불쌍하군."

무림학관에서 진유청에게 찍힌 녀석들이 하나같이 어떻게 됐는지 빤히 아는 나채환이기에, 스스로 그다지 좋은 성격을 가지지 않았다는 걸 알면서도 일말의 동정심을 내보였다.

"그러게. 대장이 심술부리면 정말 장난이 아닌데."

얼굴도 모르는 도양기가 안쓰러워진 건, 진유청과 함께 진가장 시절을 같이 보낸 이경찬도 마찬가지.

나채환과 이경찬은 이 순간 서로가 진유청의 친구가 맞구나 확인한다.

어쩐지 동질감이 느껴지며, 바닥에서 찰랑이던 친근함이 발목 어림까지 차오른다.

"자, 이제 어쩌지? 억지로라도 깨워 볼까?"

이경찬이 고민하자, 나채환이 한 발을 높이 들어 올린다. 그대로 엉덩이를 차 벽에 딱 붙어 있는 침상 모서리에 유청이를 처박아 버릴 기세다.

"잠깐! 우선 정상적인 방법으로 깨워 보는 건 어때?"

"그래서 저게 일어나겠어?"

나채환이 턱 끝으로 진유청을 가리킨다.

사흘을 꼬박 자고도 모자라 아직까지 깨지 않는 잠 귀신이긴 했지만, 자다 깨면 더욱 포악해지니 주의가 요구된다.

이경찬은 자다 깬 대장의 화를 받아 내는 것과 대장의 건강 중, 과감하게 후자를 선택했다.

경찬이는 대장을 아주 좋아했으니까.

긍정의 뜻으로 이경찬이 한 걸음 뒤로 물러나자, 나채환이 들어 올린 발에 힘을 주고 그대로 진유청의 엉덩이를 향해 내지르려는 순간!

"그 발 내리지?"

너무 멀쩡한 진유청의 목소리가 들려왔다.

"안 잤어?"

속은 거 같은 기분에 이경찬이 새된 소리를 낸다.

"잤어."

진유청이 딱 잘라 대답했다.

"근데 어떻게 지금 이 순간 딱 맞춰서 깨어날 수가 있어?"

그래서 억울한 거야? 경찬이가 말하는 어감이 딱 그랬다.

"채환이 녀석의 발에서 살기가 풀풀 풍기는데 어떻게 계속 자냐. 이래 뵈도 난 섬세한 남자라고!"

진유청이 눈가를 찡그리며 투덜댄 뒤 돌아눕는다.

겨우 깨웠는데, 설마 또 자려고?

진유청은 이경찬이 아직 물어보지도 않았는데 대답했다.

"더 잘 거야. 아직 잠이 모자라……."

끝말이 잠에 빠져들 듯 점점 희미해지는 걸로 봐선 정말 자려는가 보다.

이경찬이 나채환을 돌아보며 다짐하듯 말한다.

"이제 나 깨우러 오지 마."

나채환도 무표정한 얼굴로 대답했다.

"안 깨울 거다."

너건 유청이 저 녀석이건 간에.

어이없는 건 나채환도 마찬가지였으니까.

"흥!"

이경찬이 나채환에게서 고개를 획 돌린다.

발목까지 찰랑이던 친근감이 갑자기 난 구멍으로 줄줄 흘러 사라지고, 다시금 바닥으로 내려앉았다.

이경찬이 졸린 눈을 비비며 방을 나서고, 나채환도 제 침상에 드러누웠다.

하여간 잠 하나도 평범하고 조용하겐 안 자는군.

……그게 바로 진유청일까?

아까 나채환이 가졌던 의문이 약간이나마 풀린다. 별로 바람직한 방향은 아니라는 게 문제였을 뿐.

이경찬이 잠을 제대로 못 자 푸석한 얼굴을 하고 밖에 나왔을 때, 방 앞 공터에선 나채환이 몸을 풀고 있었다.

나채환의 두 눈도 퀭하여 검은 그늘이 드리워져 있다.

두 아이들은 눈이 마주치자마자 누가 먼저랄 것도 없이 스윽 고개를 돌린다.

이경찬의 시선이 희끗 진유청에게 내준 방으로 향하지만…….

"그냥 놔둬라."

어디까지 처자는지 보게.

나채환의 눈동자에 진심이 담겨 있다.

"나도 안 깨울 거야!"

스스로에게 다짐하듯 대답하는 이경찬이지만, 그래도 걱정은 된다.

이경찬은 원래부터 그러려고 했다는 듯 앞을 향해 전진했다.

그리고 유청이 방의 기척을 읽어 보려 귀를 쫑긋거리며 방문 앞을 스쳐 지나간다.

이게 무슨 짓이냐 싶지만, 새벽에 있었던 일이 떠올라 대장을 깨우거나 나채환에게 함께 깨우자고 하기는 자존심이 상한다.

자신의 나이 열두 살, 이제 다 컸는데 아직도 자신이 이렇게 유치한가 생각하면 그 또한 심사가 복잡해지게 만들지만……

"그래, 언제까지 자나 보자. 자다, 자다 지치면 일어나겠지!"

이경찬이 나직하게 중얼거렸다.

"둘이 싸웠느냐?"

식탁에 앉아서도 말 한마디 없이 밥그릇에 얼굴을 처박고는 꾸역꾸역 밥만 먹는 두 아이들을 보며 이청강이 묻는다.

"싸우긴요."

아니라곤 하지만 이청강과 눈을 제대로 마주치지 못하는 걸 보니 뭔가 껄끄러운 일이 있긴 했던 모양이다.

아이들의 일은 아이들 사이에서 해결되어야 한다고 생각하는 이청강이 모르는 척 말을 돌렸다.

"유청이는 아직도 자느냐?"

유청이에 대한 말이 나오자 시종일관 관심 없다는 듯 밥만 먹던 나채환과 이경찬이 서로를 바라본다.

어른인 이청강이 알면 바로 유청이를 깨우게 될 테니, 지금 말을 고하는 사람이 일조를 한 게 된다.

니가 말해!

아냐, 니가 말해!

서로 미루는 기색이 역력하자 이청강이 아들인 이경찬에게 눈짓으로 대답을 요구한다.

아버지의 시선을 외면할 수 없었던 이경찬이 나채환에게 졌다는 생각에 시무룩해하면서도 어쩔 수 없이 대답했다.

"네. 오늘 새벽에 걱정이 돼서 깨웠는데, 피곤하다고 더 잔다고 했습니다."

자, 이제 어떻게 될 것인가?

"유청이는 자는 것도 남다르구나. 참 오래도 자는군."

이청강이 젓가락을 들며 중얼거리더니 야채 볶음을 집었다.

이경찬은 아버지를 뚫어져라 바라봤다.

존경하는 아버지가 정말 그런 말도 안 되는 생각을 하실 리가 없다 여기는 거다. 저렇게 이야기가 끝날 리가 없다!

하지만 정말이었다.

"유청이가 깨어나면 내게 알리고, 진가장엔 사람을 보냈으니 걱정하지 말라 이르거라. 그리고 나채환이라고 했나?"

나채환이 대답 대신 고개를 들어 이청강과 눈을 맞춘다.

참 지독하게 말이 없는 아이다.

"네 집안에는 연락하지 않아도 되느냐?"

유청이 일에 정신이 팔려서 저 아이에겐 신경 쓰지 못한 게 미안했다. 유청이와 동갑이면 경찬이와도 같은 나이일 텐데, 제 부모가 얼마나 애가 탈까.

"저는 집이 없습니다."

"무림학관에서 함께 가출했다 들었는데, 아니더냐?"

무림의 일에 관심이 없어 잘은 모르지만, 무림학관 자체가 무림맹에 속한 각 문파나 가문의 어린아이들을 데려다가 무공 수련을 시키는 곳으로, 연고가 없다면 들어갈 수 없다는 것 정도는 알고 있었다.

"그건 맞습니다만, 걱정할 집도 돌아갈 집도 없으니, 저한테까지 신경 쓰지 않으셔도 됩니다."

식탁 위가 조용해진다.

"그래, 무슨 사정이 있겠지. 마저 먹어라."

이청강이 말했다.

나채환이 어딘지 묘한 얼굴을 하고는 반찬을 집어 밥 위에 얹는다.

대부분의 어른들을 상대하는 건 불쾌하고 불편한 일이라

고만 여겼고, 실제로 그러했다.

그렇지 않은 사람은 유청이를 통해 학관에서 본 몇몇 이들이 전부다.

그것도 아주 짧은 시간, 스쳐 지나가듯.

"많이 먹어라."

부드럽진 않으나, 간결하고 마음이 담겨 있는 말투가 오히려 편하다.

"네, 신경 써 주셔서 감사합니다."

인사를 한 나채환이 젓가락으로 밥을 퍼 입에 넣는다.

왠지 이경찬이 아주 조금 부럽다고 생각했다.

"끄응……."

이경찬이 양손으로 머릴 쥐어 싸매고 앉아 고민한다.

저녁때가 됐는데도 대장이 일어날 기색이 안 보이는 것이다.

오늘 하루가 또 지나 나흘 째가 되면, '많이 피곤해서 오래 자는구나' 하고 넘기기엔 심각한 수준에 달하게 된다.

어머니께 가서 알려 볼까? 아니면 아버지를 찾아가 볼까?

자신만 아니면 되니, 누구든 제발 대장을 좀 깨워 줬으면 좋겠다.

유청이의 방문만 뚫어져라 응시하던 이경찬은 나채환의 모습이 보이자 딴청을 피운다.

나채환도 방문 맞은편에 무릎을 접고 앉은 이경찬의 머리꼭지를 물끄러미 본다.

　둘 다 속은 타지만 최대한 아무렇지도 않은 척한다.

　가장 중요한 진유청 본인이 그냥 자는 것뿐이라며, 깨우면 신경질을 내니 대처 방법이 없다.

　"유청이가 일어나면……."

　머리 위에서 들려오는 말에 이경찬이 슬그머니 얼굴을 든다.

　나채환이 여전히 무표정한 얼굴을 하고 말을 이었다.

　"네 몫까지 패 주마."

　바닥에 철벅이던 친근감이 얼마 전 수위를 높였던 발목을 지나 찰랑찰랑 무릎까지 차오른다.

　"근데 뭐라고 하고 때려? 따지고 보면 대장이 잘못한 건 하나도 없잖아."

　그냥 궁금해서 묻는 것이다. 대장이 저 무뚝뚝한 녀석에게 두들겨 맞길 바라는 건 절대…… 까지는 아니지만, 하여튼 아니다.

　"시비란 건 걸려 오길 기다리는 게 아니라, 먼저 거는 거다."

　"저, 정말?"

　열두 살치고는 제법 어른스럽고 꼿꼿한 구석이 있는 이경찬에게 나채환의 말은 아무래도 이해가 안 되는 말인가 보다.

"그래야 할 녀석에겐 그렇다."

무림학관 시절부터 시비 거는 거에 인색한 적이 없던 광견 나채환의 말이니 확실하다.

물론 그 시비 대부분이 주먹으로 시작하곤 했지만……

"넌 무공이 센가 보네?"

이경찬이 호기심을 드러낸다.

"그럭저럭 맞고 다니진 않을 만큼."

나채환이 간단하게 대답했다.

"대장의 박치기도 이겨?"

이경찬이 아는 무공은 아홉 살 때까지 진가장에서 배웠던 간단한 체력 단련 방법과 진유청의 박치기뿐이다.

하나 더하자면 대장에게 쫓기는 무진의 엄청 빨랐던 달리기 정도?

무공과 박치기에 대해 잠시 생각하던 나채환이 빨리 대답하지 않자, 오해한 이경찬이 씨익 웃으며 말한다.

"괜찮아. 대장의 박치기는 무진이도 못 이기고, 진호는 나가떨어지고, 나는 겨우 참긴 했는데, 정신 차려 보니 누워 있더라, 크큭!"

무진이면 일전에 봤던 소림 방장의 제자이고, 진호는 개방 장로의 제자다.

눈앞에 있는 이경찬은 북경의 쟁쟁한 세도가 중에서도

한자리 거하게 차지하는 형부상서의 외동아들이다.

"진가장은 어떤 곳이었냐?"

나채환의 물음에 이경찬이 눈을 지그시 감고 양팔을 벌린다.

코끝을 간질이는 흙냄새, 귀에 아련히 들려오는 목소리들.

"아, 주, 아주 그리운 곳. 대장과 친구들이 내게 좋은 추억을 잔뜩 갖게 해 준 곳!"

일순 용담 호혈보다 더한 험지가 아닐까 상상하는 나채환의 머릿속이 하얗게 비워진다.

"그렇군. 좋은 곳이었구나."

"응. 너도 대장 친구니까 나중에 같이 가서 놀자. 이제 열두 살, 흙장난할 나이는 아니지만……. 그 녀석들과 함께라면 나이를 얼마나 먹었든지 간에 맨바닥을 뒹굴며 웃을 수 있지."

나채환이 고개를 끄덕였다.

친근감에 더해진 호의가 점점 수면을 높여 허벅지를 적셨다.

第二章

누가 더 오래 버티나!

"아함! 잘 잤다!"

진유청이 침상에 누운 채 늘어지게 기지개를 편다.

"진짜 오랜만에 푹 잤네."

가출 생활 동안 남의 집 처마 밑이나 산길 나무 밑에서 잠을 청하곤 했던 게 떠오르니, 몸에 한기가 돈다.

역시 사람은 등 따시고 배부른 게 최고였던 거다.

절로 끄덕여지는 고갯짓을 멈추며 진유청이 천장을 올려다보며 중얼거린다.

"얼마나 잔 거지? 애들은 뭐하려나……."

진유청은 살기나 위협이 느껴지지 않으면 절대 깨지 않고 푹 잘 수 있었기에, 애들이 얼마나 걱정을 하며 자신을 지켜봤는지 전혀 모르고 있었다.

"……설마 싸우고 있는 건 아니겠지?"

나채환은 기질은 괜찮은데 표현 방법이 나쁘고, 이경찬은 기질도 좋고 표현 방법도 좋지만, 아닌 건 절대 아니라고 물고 늘어지는 고집이 있다.

사소한 거라도 맞붙어 싸우게 되면, 둘 중 누구도 먼저 물러나지 않을 게 뻔해 걱정이 됐다.

상체를 일으킨 진유청이 자연스레 기운을 풀어 주변을 훑어본다.

응? 바로 요 앞에 있네?

진유청이 좀 더 집중해 바깥 동정을 살핀다.

무슨 말을 하는진 알 수 없지만, 둘의 분위기가 자신의 예상과는 다르게 화기애애하며 부드럽다는 걸 알 수 있었다.

만난 지 얼마나 됐다고 무슨 얘길 저렇게 즐겁게 하지?

혹시 내 욕하는 거 아냐?

"혼이라도 쏙 빼서 내보내 볼까?"

미간을 좁히며 고민해 보지만, 결국 고개를 설레설레 젓는다.

아서라 싶다.

그러다 혼이 집 나가면, 자신은 정말 좆 된다.

안 그래도 가끔 한 번씩 제 맘대로 몸에서 쏙쏙 빠져나가 사방을 나돌아 다니는 통에, 자도 잔 것 같지 않았다. 피곤이 느껴지거나 몸에 무리가 가는 건 아니지만 영 찝찝해서 말이지.

"혼이건 사람이건, 제집이 제일 좋다는 걸 얼른 깨달아야 할 텐데."

그래야 가출 같은 거 다신 안 하지, 쩝.

뭐, 채환이 경우만 봐도, 가끔 돌아가고 싶어도 돌아갈 수 없게 만드는 집도 있기야 하겠지만……

진유청이 침상에서 내려와 바닥에 바짝 엎드려 사사삭 기어서 앞으로 나아간다.

그리고 최대한 소리가 나지 않게 문을 살짝 열고 귀를 쫑긋거린다.

처음엔 잘 들리지 않았지만 신경을 집중하니……. 오오, 들린다?

"그러니까 유청이 절대 깨우지 말고, 있다가 일어나면 무시해 주자. 우리 둘이 맛있는 것도 먹고 놀러 가고!"

뭐래는겨!

내가 뭘 어쨌다고! 경찬이 네가 이럴 줄은 몰랐어!

그런 말에 채환이가 넘어갈 것 같으냐! 그래도 무림학관에서 지낸 시간이 얼마고, 가출 생활 동안 동고동락하며 고생한 깊이가……

"그러자."

조금의 주저도 없이 흘러나오는 나채환의 목소리가 진유청의 생각을 끊는다.

······얕군. 이 매정한 자식 같으니라고!

"사흘이나 자고, 깨워도 안 일어나고, 화만 내고! 이건 다 우리가 걱정하는 건 하나도 생각 안 해 준 대장 탓이야."

오오라, 그래서 그러는구나.

오늘 새벽이었나, 부산스러움과 함께 익숙한 기운이 느껴지는데, 자신에게 해를 끼칠 거 같진 않아 계속 자려다가, 갑자기 느껴진 살기에 두 눈을 번쩍 떴다.

그리고 본 게 아마 채환이 녀석의 발이었지?

"내가 더 놀랐구만, 그걸로 앙심을 품다니."

그저 졸려서 잔 죄밖에 없는 순결한 자신이 대체 무슨 죄인가!

진유청이 콧잔등을 찡그리며 눈을 심술궂게 치뜬다.

"너희가 그렇게 나오겠다면, 나도 생각이 있다!"

사사삭!

진유청이 낮은 포복 자세 그대로 뒤로 움직여 자기가 언제 일어났었냐는 듯 다시 침상 위에 누웠다. 이불도 목까지 잘 덮고 눈도 지그시 감는다. 누가 봐도 여전히 자고 있다고 할 정도로.

"흥. 나는 너네가 깨울 때까지 안 일어나겠다 그거야."

쓸데없는 고집이다.

하지만 사람 사는 게 원래 그렇게 소소한 거다.

그리고 소소한 일이니까 이렇게 고집을 부릴 수 있고. 괜히 신상에 변화가 생길 수도 있는 큰일에 고집을 부렸다가 쥐도 새도 모르게 슥삭, 사라질 일이 생기면 안 되니까.

그런 건 가늘고 길게 살고픈 진유청에겐 지양해야 할 일 중 하나였다.

"지들이 날 안 깨우고 배기겠어?"

비록 자신의 뒤통수를 치려 하지만, 본바탕이 나쁜 녀석들은 아니고, 당장은 좀 서운해서 저러는 거지……. 진심으론 많이 걱정하며 발을 동동 구르고 있을 게 분명했다.

다시 태어난 자신은 여전히 찌질하지만, 그래도 제법 사랑받는 남자다!

진유청이 두 눈을 질끈 내리감고 잠을 청한다.

하나 사흘을 꼬박 잤으니 더 졸릴 것도 없고…… 배도 좀 고프고…….

일어나면 안 된다 생각하니 뒷간 생각이 급해진다.

"혼을 보내서 싸고 오게 할까?"

그 정도 편의도 못 봐주면서, 왜 자꾸 몸을 빠져나가니…….

진유청이 말도 안 되는 소릴 하면서 구시렁댔다.

"빨리 깨워라, 빨리."

그러면, 또 왜 자꾸 잠을 깨우고 그러냐며 신경질을 좀 내준 뒤, 못 이기는 척 일어나 주겠다!

진유청이 밖에서 노닥거리는 두 녀석을 향해 주문을 외웠다.

나흘째 아침.

나채환이 벌떡 일어나 옆을 돌아본다.

"우우웅!"

진유청이 몸을 뒤척이며 이불을 휘감는다.

젠장, 걸릴 뻔했잖아!

정신도 말똥한데 누워 있으려니 죽을 맛이다.

진유청이 자꾸 저릿해지는 손발을 꼼지락거리다가 화들짝 놀라며 자는 척을 했다.

하지만 마음 한구석에선 차라리 들키는 게 나을까, 아니면 자연스럽게 눈을 떠 볼까 온갖 상념이 맴돈다.

설마 저 녀석들이 하룻밤을 꼬박 버틸 줄은 몰랐던 거다.

혹시 나…… 미움받는 거 아냐? 다시 태어났어도 그저 그런 찌질이였던 거야? 흑!

진유청이 속으로만 괴로워하고 있을 때, 나채환이 나직하게 중얼거린다.

"아직도 자는군."

나채환이 얼굴을 희미하게 찡그렸다.

눈 밑이 새카만 게 걱정이 돼 제대로 자지도 못한 모양이다.

나채환을 힐끔거린 진유청의 마음이 짠해진다.

역시 자신을 걱정하는구나 싶으니, 그냥 장난 그만치고 일어나 버릴까 생각한다.

하지만 그때 마침 문이 활짝 열리며 이경찬이 얼굴을 쏙 내밀었다.

"대장, 아직도 자?"

나채환이 대답 없이 검지로 침상에 누워 있는 진유청을 가리켰다.

"……어쩌지?"

이경찬이 한숨을 푹푹 내쉰다.

자연스럽게 깰 기회를 놓친 진유청이 다시 눈을 꾹 감고는 속으로 외친다.

어쩌긴 뭘 어째? 얼른 깨워! 깨우라고!

진유청이 으르렁거리며 눈가를 푸르르 떤다.

"응? 엊그젠 도양긴가 뭔가 하는 애 잡아먹을 기세더니, 오늘은 왜 경련을 하지? 대장, 아무래도 악몽 꾸나 보다."

악몽은 무슨……. 니네가 지금 내 제일 큰 악몽이야, 알아?

게다가 다섯 살 때 대판 싸웠던 도양기 얘기가 여기서 왜 나와?

개기름 잘잘 흐르던 도양기 녀석은 소림 고승의 기명제
자로 간다더니만, 잘살고 있나 몰라……가 아니라…….

너네, 나 언제 깨울 거냐? 응?

"어떻게 할까?"

나채환이 이경찬에게 묻는다.

진유청도 숨을 죽이고 이경찬의 대답을 기다렸다.

"일단…… 밥이나 먹으러 가자. 배고프다."

이경찬의 말에 나채환이 몸으로 동조하며 밖으로 나간다.

이, 이봐!

진유청이 저도 모르게 손을 뻗다가 흠칫하여 이불 속으
로 쏙 집어넣는다.

그냥 어제 일어날걸……. 아니 조금 전에라도 부스스 깬
척하며 대충 얼버무릴 걸 그랬나.

이젠 버틴 게 아까워서 그러지도 못하잖아.

진퇴양난에 빠진, 쓸데없이 고집부린 자의 말로였다.

"크크큭!"

이경찬이 나채환과 어깨를 나란히 하고 밥을 먹으러 가
며 쉴 새 없이 몸을 떤다.

"채환이 너도 봤어, 봤어?"

"유청이가 자는 척하면서 눈가 떤 거 말하는 거냐?"

"응! 아, 다시 생각해도 너무 웃겨."

이경찬은 너무 웃어서 배가 다 아픈지 두 손을 배 위에 포개고는 호흡을 골랐다.

어제 나채환과 이경찬은 방 앞 공터에서 얘기를 나누던 중에 이상한 걸 목격했다.

조금 열린 문틈, 그 사이로 보이는 머리통 하나.

먼저 발견한 건 아무래도 감이 좋은 나채환이었고, 그 즉시 발짓으로 이경찬에게 자신이 본 걸 알렸다.

그리고 둘은 짰다.

진유청이 들은 건 모두 그렇게 해서 나온 얘기였던 거다.

"옛날부터 뭐든 척척 기막히게 해내는 우리 대장이 유일하게 못 하던 게 하나 있었는데 말이야……."

이경찬이 잠시 뜸을 들이자, 나채환이 재촉하는 시선을 보낸다.

녀석도 궁금했던 거다.

"숨바꼭질. 그거 하난 정말 기가 찰 만큼 못 하더라."

아마 큰 머리통 탓이었을지도.

대장이 가끔 말하길, 이현 형님은 대장이 아무리 숨어 있어도 절대 못 찾는 법이 없고, 모르는 법이 없다 했었는데……

그것도 아마 그 때문이었겠지?

"유청이 머리가 좀 컸나?"

크긴 하지만 그래도 그렇게 큰 건 아닌 것 같았는데 말이다.

"지금은 열두 살이고, 몸도 많지 자라서 괜찮아진 거지. 예전엔 정말 무지 컸다고."

왠지 욕 같은데, 이경찬은 자랑이라도 하듯 가슴을 내밀며 말한다.

그것도 자기 얘기도 아닌 유청이 얘길.

"……그래."

나채환이 잠시 침묵하다가 짧게 대답했다.

머리는 분명 좋아 뵈는데, 어딘가 맹해 보이는 게……. 무공은 아주 센 듯 보이는데, 분명히 맹했던 소림의 무진과 닮았다.

하긴, 마진호인가 하는 녀석도 음침함을 풀풀 풍겼지만, 눈은 아주 맑았다.

"이제 어쩌지? 언제 깨우는 게 좋을까?"

"깨워?"

골탕 먹이겠다고 이렇게 일을 벌여 놓고, 굳이 깨워야 할 이유가……?

그거야말로 유청이가 기다리는 바가 아닌가.

나채환이 의아한 얼굴로 이경찬에게 묻는다.

"그래야지. 대장 성격에 저대로 놔두면 이레고 열흘이고, 계속 저러고 버틸걸?"

그랬다간 없던 병도 생길 거다.

"못 그러게 하면 되지."

"그…… 왜…… 시비 걸려고?"

움찔거리며 말을 더듬는 걸 보니, 아까 들었던 말도 있고 하여 나채환이 무작정 대장을 두들겨 패려는 게 아닌가 걱정되는 모양이다.

나채환 자신이야 그것도 나쁜 방법은 아니라고 생각하지만……

"유청이가 뭘 좋아하지?"

"혜아 누나랑, 먹을 거?"

아홉 살 때 헤어졌다는 친구라면서, 그때도 유청이 저 녀석은 입에 여자를 달고 살았던 게냐 싶지만, 중요한 건 그게 아니니……

"혜아 누나가 누군지는 모르겠지만, 어쨌든 여자는 당장 어떻게 안 되니, 먹을 걸로 하자."

"아하! 나흘이나 굶었으니 배도 고플 테고, 뒷간도 급하겠네."

영리한 이경찬이 나채환이 말하는 바를 즉시 알아챈다.

"그렇지. 그러니 유청이가 우리 몰래 딴짓 못 하게 딱 달라붙어 있으면서, 간식도 먹고 밥도 먹고……."

"번갈아 가며 뒷간도 다녀오고?"

이경찬이 흰 이를 드러낸다.

무표정한 얼굴에 싸늘한 눈매를 가진 나채환이 열을 내

며 말하는 모습이…… 자신과 동갑인 제 나이 열두 살, 아
니 한창 자신이 여덟, 아홉 살 때 어울려 놀았던 진가장의
친구들과 같다.

"힘내 보자고!"

이경찬이 주먹을 불끈 쥐며 의지를 불태웠다.

아…… 이 자식들이 정말……!

진유청이 이불 속에 감춘 몸을 부들부들 떤다.

배고파 죽겠는 사람 앞에서 무슨 짓이야!

"채환아, 네 앞에 있는 거 좀 집어 줘라."

이경찬의 말에 아무 말 없이 자기 앞에 놓인 과자를 집어
건네주는 나채환의 모습은 신선하다 못해 경악스럽다.

진유청 자신이 무슨 말만 해도 손과 발이 함께 움직였던
나채환이, 저렇게 별말없이 이경찬의 얘기를 들어주고, 고
개를 끄덕여 호응하고…….

동네 사람들! 잉어가 개를 키운대요!

니네가 언제부터 그렇게 친했다고, 나만 빼돌리고 둘이
서 과자를 나눠 먹니.

옆에서 냄새를 맡고, 바삭바삭 씹는 소리를 들으니, 더
배가 고파진다.

<u>꼬로로록!</u>

천둥 같은 소리가 진유청의 뱃속에서 울려 퍼졌다.

"이게 무슨 소리야?"

이경찬이 주위를 둘러본다.

진유청이 움찔하여 마른침을 삼키며 실눈을 뜬다.

"무슨 소리냐니. 난 아무 소리도 못 들었는데?"

"비라도 오려나? 천둥이 친 거 같았는데?"

나채환의 말을 못 들은 척, 이경찬이 방문을 열고 나가서 하늘을 확인하고 들어온다.

진유청은 조마조마해하며 차라리 통쾌하게 모든 게 밝혀지길 바랐다. 못 이기는 척 일어나기라도 하게!

"내가 잘못 들었나 봐."

이경찬이 어깨를 으쓱거리며 혀를 쏙 내밀었다.

······잉어회는 맛있을까?

푹 고아야 제맛이라곤 하지만, 회도 괜찮을지 몰라.

진유청이 헤어 나올 수 없는 망상에 빠져들다 번뜩 정신을 차린다.

이젠 제발 깨워 달라 바짓가랑이라도 잡고 늘어지고 싶은 심정인데······.

"으윽!"

갑자기 진유청이 신음을 흘리며 가슴을 부여잡는다.

"대장? 대장, 왜 그래?"

이경찬이 놀라 다가가려는 순간, 나채환이 한 손을 가로로 들어 올려 막는다.

"악몽 꾸나 보지."

저…… 저……! 처음 만났을 때부터 경찬이한테는 다른 녀석들한테 하는 것과 달리, 간도 안 보고 때리지도 않아서, 그래도 밥 주고 재워 주는 집의 아들은 예의상이나마 안 무는구나 했더니만…….

주인집 아들이랑 짜고 친구를 괴롭히다니!

"켁, 케엑!"

진유청이 한층 더 심하게 기침을 하며 몸을 구부린다.

정말 무슨 사달이라도 난 모양처럼.

"안 되겠다, 아버님 모셔 와야겠어."

이경찬의 말에 진유청이 화들짝 놀란다.

그건 안 되지. 공사다망하신 분을 이런 일로 집에 불러들여서야…….

잘못하다간 눈을 편히 감지도 뜨지도 못하고, 또 의원들을 곤란하게 하며 새로운 명의를 탄생시키게 되는 건 아닐지 두려웠던 진유청의 기침 소리가 바로 잦아든다.

"그것 봐. 잠시 악몽을 꾼 거라니까."

얄밉게 말하는 나채환의 목소리가 귀에 파고들자 진유청의 몸에 힘이 탁 풀린다.

그래, 맞아. 나 악몽 꾼 거야.

내가 무슨 부귀영화를 보겠다고, 이런 쪼잔한 일에 목숨을 걸고 있을까. 그냥 악몽일 뿐인데.

진유청이 갑자기 눈을 번쩍 떴다. 그리고 상체를 벌떡 일으킨다.

그로 인해 놀란 건 이경찬과 나채환이다.

"왜, 왜 그래?"

한참 더 누워서 자는 척 생떼를 쓸 줄 알았는데, 전혀 예상치 못한 시점에서 저러니 오히려 당황스럽다.

진유청은 정말 공을 들여, 최대한 아무렇지도 않게 기지개를 쭉 펴며 말했다.

"아아, 잘 잤다!"

방 안이 고요해지며 정적이 내리깔린다.

"응? 너희들 거기서 뭐해?"

진유청은 아무렇지도 않은 얼굴로 묻는다.

어떻게 저리 뻔뻔할 수가 있을까?

이경찬과 나채환이 입을 쩍 벌린 채로 굳어 있다.

"내가 얼마나 잤지? 한 나흘은 잔 거 같네."

갈수록 가관이라고, 진유청의 하는 짓이 너무 빤하다.

하지만 그렇다고 해서 자고 일어났다는 사람의 멱살을 쥐고 흔들 수는 없는 노릇이니……

침상에서 내려온 진유청이 두 아이 앞에 털썩 주저앉더니, 주섬주섬 과자를 챙긴다.

"너무 오래 잤더니 배가 고픈 거 있지."

해맑게 웃는 진유청의 얼굴에 누가 돌을 던질 수 있을까?

"채환아, 네가 말했던 거 말이야."

이경찬이 나채환을 돌아보며 말한다.

"응. 때려 줄 녀석이 있으면, 굳이 시빗거리를 찾을 필요 없이 시비를 걸어서 두들겨 패야 한다고 했던 말?"

이경찬이 고개를 끄덕여 긍정한다. 그리고 입을 열었다.

"왠지 그 말이 이해가 돼."

나채환은 이경찬이 자신과 같은 생각을 하고 있다는 걸 깨달았다.

둘의 눈이 두 손에 과자를 들고 한 입씩 베어 물며 만족해하는 진유청에게로 향한다.

"마, 맛있네. 너희는 안 먹어?"

이상한 분위기를 느낀 진유청이 엉덩이를 주춤주춤 뒤로 밀며 말한다.

진유청의 눈이 방문을 향하며 몸을 그쪽으로 날리려는 순간!

와당탕탕!

나채환이 더 빨랐다. 진유청을 향해 주먹을 내지르며, 피하는 진유청의 몸을 완전히 덮고 엎어진다.

"발이 미끄러졌어!"

나채환의 변명 아닌 변명에 진유청이 인상을 쓴다.

"넌 발이 미끄러지면 주먹부터 날려? 얼른 저리 안 가?"

바동거리며 자신을 덮고 있는 나채환에게서 떨어지려 하

지만, 나채환에게서 벗어나기란 쉽지 않았다.

그런 진유청의 머리맡에 이경찬이 쪼그리고 앉아 내려다
본다.

"왜에?"

진유청이 묻자, 이경찬이 대답 대신 손바닥을 들어 진유
청의 이마를 내리쳤다.

찰싹, 찰싹!

"아직도 모기가 있네?"

진유청이 경악하여 나채환을 쏘아본다.

애한테 참 좋은 거 가르쳤다, 응?

나채환이 눈을 가늘게 뜨더니, 진유청의 가랑이 사이로
발을 집어넣는다.

거, 거긴! 내…… 내! 안 돼!

"또 발이 미끄러졌네?"

퍼억!

나채환이 모르는 척 중얼거렸다.

"화 풀어. 우리가 얼마나 걱정했는데. 대장이 일어난 기
척도 없이 몰래 우리 얘기 엿듣고서 또 자는 척해서 그런
거잖아."

이경찬이 완전 퉁퉁 불은 진유청을 달랜다.

진유청이 등줄기를 따라 허리 아래쪽을 주먹으로 콩콩

두들기며 이를 빠드득 간다.

"넌 안 깨졌잖아."

나채환이 위로……를 가장한 핀잔을 준다.

"깨지길 바랐냐, 응?"

진유청이 이것만큼은 용서할 수 없다는 듯 눈을 부라린
다.

하나 나채환은 가차 없었다.

"그러게 왜 장난을 쳐."

그래, 내가 말을 말아야지…….

열두 살짜리 애들하고 무슨 말을 하겠니.

진유청이 한숨을 푹 쉬고는 나채환을 위아래로 훑어봤다.

나채환의 입꼬리가 희미하게 말려 올라가 있다.

너 웃는 거냐?

원래 저 녀석이라면 그런 장난을 칠 성격은 아닌데…….
차라리 덮어놓고 두들겨·패면 모를까.

다시 태어나서 어린 시절을 되새기며 열두 살짜리들이랑
얽혀 뒹굴고 있는 건 바로 자신인데, 어째 너도 만만치 않
은 거 같다?

꼭 여덟, 아홉 살 꼬맹이 시절로 돌아간 것처럼 말이다.

너도 다시 태어난 거냐?

자신처럼 완전히 모든 걸 끝내고 새로 태어났냐고 묻는
게 아니다.

원치 않았으나 가면처럼 들러붙어 있던 껍질을 벗어 던질 새로운 계기를 만났냐 이 말이다.

많은 사람들이 자기가 완전히 다른 사람이 될 수 있는 충격적인 계기를 원한다.

그리고 스스로 노력하지 않으면서도 그 '계기'만 갖게 되면, 새로 태어나 다른 사람이 된 것처럼 살아갈 수 있을 거라 기대한다.

하나 사람을 바꾸는 건 인생 전반을 뒤흔들 충격적이거나 혹은 환희에 찬 기회보다는…….

작은 것, 아주 소소한 것.

매일 되풀이되는 일상 속에서도 기회는 끊임없이 당신 곁을 찾아왔다 스쳐 지나간다.

어느 순간, 손을 뻗어 그것을 잡기 시작하고, 계속해서 노력하여 길을 걷다 보면…… 의식하지 못하는 사이, 하늘은 달라지고, 길가에 꽃이 피고…….

그러다 이윽고 보게 된다.

달라진 자신을, 원했던 자신을, 그렸던 자신을.

나채환은 스스로 진유청을 받아들였고, 그가 내민 손을 잡고 함께 무림학관을 떠나 일 년이 넘는 시간 동안 세상을 경험했다.

그리고 단 사흘, 사흘의 시간 동안 웃는 게 어색하지 않은 본 얼굴을 찾게 되었다.

그것은 그가 그 사흘을 맞이할 준비를 이미 해 두었기 때문에 가능한 일이었다.

나채환을 이끈 진유청도, 계기를 준 이경찬의 공도 아닌 것이다.

이제 더 이상 나채환은 스스로를 어둠 속에 파묻지 않을 거다.

그의 눈은 빛을 향하고, 발걸음은 자연스레 풀 냄새가 향긋하게 코끝을 간질이는 길로 그를 인도할 테니까.

그 길에서 만난 꽃도, 풀도, 하늘도, 구름도 모두 나채환의 것이다.

그가 자신의 선택으로 이룬 것.

계기란 길가에 굴러다니는 예쁜 돌멩이일 뿐이다.

발이 채일 수도, 발로 찰 수도 있지만, 열심히 걷다 보면 언젠가 또다시 마주할 반들반들하게 반짝이는 돌멩이.

빛을 반사하여 당신의 길을 밝혀 주는 용도이지, 당신의 길을 결정할 정도로 강력하진 못하다.

"경찬아."

진유청이 자신을 위에서 거꾸로 내려다보고 있는 이경찬을 불렀다.

이경찬이 왜? 하는 눈으로 진유청을 바라본다.

"내 얼굴 위에서 돌 치워라, 이 돌멩이야."

"도…… 돌? 돌멩이?"

이경찬이 말을 더듬거린다.

살면서 머리 좋다는 얘긴 질리도록 들어 봤지만, 자기 머리를 돌이라고 하는 사람은 처음 봤다.

그것도 자신에 대해 가장 잘 알 대장이……!

이경찬은 대장이 으레 그랬듯 고개를 뒤로 확 젖힌 다음 그대로 진유청의 이마를 향해 내리꽂았다.

퍼억!

……하지 말걸. 진짜 돌이 대체 누구야!

괜히 했어, 괜히 했어!

이경찬이 제 이마를 부여잡고 발라당 뒤로 나자빠져 사지를 바동거린다.

꽤나 많이 아픈 모양이다.

"그러게 어따 덤벼!"

진유청이 턱 끝을 치켜들며 잘난 척을 한다.

"바보들."

나채환이 혀를 찼다. 이건 보통 유청이가 하는 거지만, 오늘은 자신의 몫이다.

나채환의 눈엔 두 녀석이 하는 짓이 너무 애들 같아 한숨이 다 나올 지경이었다.

이것들, 정말 열두 살 맞아?

한 명은 열두 살이지만, 다른 한 명은 아니란 걸 모름에도 나채환은 제법 예리한 판단을 하고 있었다.

물론 진실과는 반대되는 의미로 떠올린 거지만.

나채환은 방 한구석에 쪼그리고 앉아 둘이 정신 상태를 수습할 때까지 기다렸다.

누가 더 오래 버티나 하는 승부의 승자는 아무래도 나채환 자신이 된 것 같았다.

집에 돌아온 이청강은 자신을 보자마자 하소연을 시작한 강소연으로 인해 진유청이 깨어난 걸 알게 됐다.

그는 부인과 잠시 이야기를 나눈 뒤, 진유청을 자신의 서재로 불러들인다.

진유청이 이청강의 서재에 막 들어섰을 때, 이청강은 서재 탁자 위에 놓인 찻잔에 차를 따르고 있었다…….

쪼르륵.

맑은 물소리가 둘 사이에 흐르는 긴장을 옅게 풀어 주었다.

"부르셨습니까?"

"이제 얘기해도 좋을 때가 된 것 같아서 말이다."

이청강이 자신이 앉아 있는 탁자 맞은편을 향해 한 손을 내밀었다.

진유청이 마른침을 삼키며 내어 준 자리에 앉는다.

"마시거라."

이청강이 차를 권한다.

따끈한 차는 맑은 빛을 띠고 향이 그윽했다. 차에 대해 잘 모르는 진유청이라 해도 질 좋은 차라는 걸 한눈에 알 수 있었다.

진유청이 자신의 앞으로 놓인 찻잔을 들고 입술을 적신다.

이청강은 나흘 만에 잠에서 깬 진유청을 고요한 눈으로 바라보며 입을 열었다.

"몸은 괜찮으냐."

이청강의 물음에 진유청이 찻잔을 내려놓고는 멋쩍은 얼굴을 한다.

잠 좀 오래 잔 게 여파가 꽤 크구나 싶다.

"아이들이 걱정하는 것 같더구나."

"그랬나 봅니다. 일어나니까 아주 난리가 나더라고요."

진유청이 아까 전 있었던 일을 떠올리며 고개를 설레설레 젓는다.

"그만큼 걱정했단 뜻이겠지."

"네. 그래도 저희가 너무 소란을 떤 모양입니다."

경찬이 어머니가 달려올 정도면 말이다.

강소연은 잔소리를 늘어놓으려다가, 그마저 싫었는지 매서운 눈으로 진유청과 나채환을 쏘아보고는 몸을 돌렸었다.

"아니다. 아이들이 노는 게 원래 그런 거지. 아내에겐 일러두었으니 앞으론 별말 없을 게다."

이청강은 아이들의 우애가 보기 좋고, 간만에 경찬이의
얼굴에 혈색이 도는 모습이 보기 좋았다. 그래서 강소연이
아이들에게 내어 준 방이 난장판이 되고, 경찬이가 며칠이
나 황궁 출입을 하지 않았다며 화를 내며 하소연하는 걸 들
어준 뒤, 조용히 돌려보냈다.

이청강은 아내와 대화로 이야기를 풀어 가고 싶었으나,
사실 그녀는 그리 말이 통하는 상대가 아니었다.

강소연으로선 집안 대소사에 대해 간섭하는 일이 거의
없는 남편이, 유독 진가장과 거기에 관련된 이들의 얘기엔
자신이 끼어들 여지를 주지 않는 게 섭섭했을 것이다.

하지만 이청강이 그 모든 걸 헤아리며 이가장과 경찬이
를 위한 선택을 하기란 어려웠다.

이청강은 더 나은 결정이 있다면 당연히 그것을 따르는
게 맞다 여겼고, 후엔 자신의 결정이 옳다는 걸 아내가 알
아주리라 믿었다.

이청강이 자신의 몫으로 놓인 찻잔을 손에 들자, 진유청
이 몰래 한숨을 내쉰다.

진유청은 이청강이 강소연에게 어떻게 말하고 행동했을
지가 빤히 보여 골치가 아팠다.

이해를 구하는 일에서는 서로의 합의점이 도출되어야 하
는 법인데, 일러두었다는 말 자체가 서로 일치하는 부분이
적어 조금은 강압적인 대화를 나눴다는 뜻 아니겠나.

어쨌거나 자신이 상관할 수 있는 부분은 아니었기에, 진유청은 찻잔 위의 테두리를 검지로 훑으며 입을 다물었다.

후우, 또 화가 잔뜩 났겠군.

강소연이 워낙 진유청을 싫어해서 사이가 좋진 못하지만, 인연이 닿은 사람이고, 친구인 경찬이의 어머니이니 아예 신경이 쓰이지 않는 건 아니다.

"이제 시작해도 되겠느냐."

이청강이 찻잔을 내려놓고는 진지한 어조로 말한다.

그는 아홉 살 어린아이가 한 얘기를 항상 머릿속에 새겨 두고 있었다. 그 말을 한 게 바로 진유청이었으니까.

"어디서부터 시작할까요?"

진유청이 숨을 고른다. 이제부터 아주 중요한 얘기를 시작해야만 했으니까.

"유청이 네가 얘기해도 되는 거라면, 모두 알고 싶다. 나는 네가 예상할 수 있던 것보다 훨씬 많이, 그리고 오래 이 이야기를 들을 수 있는 시간을 기다려 왔다고 자신한단다."

조금도 흔들리지 않는 곧은 시선으로 자신을 보는 이청강과 눈을 마주한 진유청이 마른침을 꿀꺽 삼켰다.

자신이 지금부터 할 얘기가 이청강에게 어떻게 들릴지는 알 수 없지만…… 최소한 미친놈 취급만 받지 않으면 좋겠다 싶었다.

탁자 위에 침묵이 내리깔리며, 잠시 시간이 지체된다.

진유청이 은근한 어조로 물었다.

"도를 믿으십니까?"

第三章

사기 치다!

"도를 믿으십니까?"

진유청의 두 눈은 번쩍거리고, 목소리는 차분하여 자연스럽다.

하나 이청강에게 있어선 잠시 머릿속의 사고가 멈출 만큼 뜻밖의 얘기였다.

"……도(道)라……."

"네. 도를 믿으시는지 물었습니다."

진유청의 두 눈에서 진심을 본 이청강이 의자에 몸을 깊숙이 묻는다.

"세상에서 마땅히 그렇게 되어야 할 올바른 이치가 있다고는 생각한다."

옳거니!

진유청이 한층 더 분위기를 잡으며 묵직한 어조로 말을 보탠다.

"그게 바로 도입니다. 자연스럽게 흘러가는 세상의 흐름이자, 사람과 사람, 사람과 자연, 그리고 자연, 그 속에서 끊임없이 원을 그리며 흐르는 이치 말입니다."

"그게 지금 할 이야기와 관계가 있더냐?"

이청강이 의아한 듯 묻는다.

"네. 아주 중요한 관계가 있습니다."

진유청이 고개를 끄덕였다.

"계속하여라."

찻물로 입을 적신 이청강이 진유청의 다음 말을 기다린다.

"제가 여섯 번째 손가락은 거짓의 증거이니, 그를 조심하라 했다는 얘기를 경찬이에게서 들었을 때, 무슨 생각을 하셨습니까?"

"여섯 번째 손가락을 가진 자를 찾아야겠다고 마음먹었다."

"어째서요? 저는 고작 아홉 살이었고, 경찬이의 친구일 뿐이었습니다."

그런데 대체 뭘 믿고 그런 생각을 했냐는 소리다.

"흐음……."

저리 물으니 대답할 말이 딱히 떠오르는 게 없다.

대단한 녀석이라며 감탄하고 또 감탄 했지만, 정작 말로 정확히 표현할 만한 건, 글쎄……?

뭐가 있더라……?

이청강이 쉽사리 대답하지 못하자, 진유청이 입맛을 다신다.

알고는 있었지만, 그래도 좀…… 우울하군.

그렇게 할 말이 없나?

약간 민망해진 진유청이 볼을 긁적이더니 입을 연다.

"어쨌거나 적어도 제가 거짓말을 할 거 같진 않다 여기셨으니 신경 쓰신 게 아니겠습니까. 그 일의 진위는 일단 차치하더라도 말입니다."

이청강이 무언으로 긍정했다.

다만 마음속으로 생각하길, 자신이 느꼈던 건 신경 쓰는 정도의 감정이 아닌, 그보다 더한…….

마치 앞날을 준비시키는 선각자(先覺者)를 만난 것 같은 기분?

진유청은 대화가 끊어지며 이청강이 생각에 잠겨 있는 때를 기다리는 중이었다.

그리고 지금이 바로 그때다!

진유청이 모든 걸 알고 있다는 듯 자신 있게 말했다.

"바로 그겁니다."

이청강이 의자 깊숙이 묻었던 상체를 세우며 눈을 크게 뜬다.

저 아이가 내 생각을 읽고 있단 말인가?

저 아이는 자신에게 도를 믿느냐고 물었다.

세상이 흘러가는 이치에 대해, 저 아이는 이미 알고 있는 걸까?

그 법칙에 맞추어 앞으로 다가올 일 또한…… 내다볼 수 있단 말인가!

이청강의 얼굴이 시시각각 변하는 걸 주시하며, 진유청이 다시 한 번 쐐기를 박았다.

몸에 힘을 빼고 느슨한 자세로, 고개를 끄덕거리는 거다.

여기서 제일 중요한 건…….

창피해하거나 불안해하지 않고, 절대 '거짓말'은 하면 안 된다.

사기를 칠 때, 하수는 거짓말을 하고, 중수는 거짓말 조금에 진실 대부분을 섞어 자신을 포장한다.

하지만 진짜 고수는…….

상대가 제멋대로 오해하게 만든다!

두루뭉술하게 연관된 화두를 던진 뒤, 흘러가는 대로 대처하는 거다.

나중에 모든 게 밝혀지면 상대방은 열 받을 테지만, 자신만큼은 떳떳하고 깨끗할 수 있는 시기적절한 '오해'!

캬아, 어떻게 이런 생각을 다 했지?

진유청이 스스로에게 감탄하지만, 사실 이 방법도 완벽한 건 아니다.

상대방이 어떤 결론을 지을지 자신이 주도적으로 이끌어 나갈 수가 없으니까.

하지만 말이다.

현재 진유청의 사정상 이청강이 내리는 결론이 어떤 거라 해도…….

최소한 '나 죽었다가, 생전의 기억을 갖고 과거로 돌아가 다시 한 번 태어난 놈이에요' 라고 진유청 자신의 입으로 얘기하는 것보다는 덜 미친놈 같을 거다.

여태까지는 사람들이 자신을 오해하게끔 상황이 흘러갈 때가 종종 있었다. 하지만 지금은 진유청 자신이 스스로 사람들로 하여금 오해를 불러일으키는 입장이 됐다는 게 좀 입맛이 쓰긴 했다.

그래도 일단 시작한 이상 최선을 다해야 하지 않겠나.

"어찌…… 어찌 그럴 수가 있지?"

이청강이 그답지 않게 동요하여 목소리가 떨린다.

진유청은 이 사람이 대체 무슨 생각을 하고 있나 궁금했지만 애써 내색하지 않는다.

"유청아, 말해 보거라. 어찌 그럴 수가 있느냐, 이 말이다."

자신으로선 이해하기 어려운 것에 대한 해답을 구하는 이청강에게 진유청은 아무런 말도 해 줄 수 없었다.

그게…… 어떤 걸 말하는지 알아야 대답을 하지요.

답답한 건 이청강이나 진유청이나 사실 똑같다.

다만 한쪽에선 이 상황에 대해 알면서도 그냥 넘어갈 수밖에 없는 거고, 다른 한쪽에선 머릿속이 컴컴해질 만큼 놀라운 일에 대해 확인받고 싶어 하는 것뿐.

"너무 크게는 생각지 마십시오."

갑자기 소심해진 진유청이 혹시나 싶어 제한 선을 둔다.

이청강이 뭘 생각하고 있건 간에 제발 너무 크게 일을 벌이지 않길 바라면서.

"어찌 그게 큰일이 아닐 수 있겠느냐. 나는 지금껏 살면서 처음 들어 보는 얘기다."

"저는 아무 말도 하지 않았습니다만."

생각은 자유지만, 말은 바로 하셔야지요.

진유청이 정정해 주자, 이청강이 눈을 지그시 뜬다.

"하나 너는 내가 추측할 수 있게 하지 않았느냐."

그냥 오해입니다, 오해.

진유청은 긴장하자 살살 아파 오는 배 위에 손을 얹었다.

이청강은 진유청의 행동 하나하나가 범상치 않게 느껴져 심상치 않은 눈으로 주시한다.

아…… 째려본다.

걸렸나?

진유청이 슬쩍 배에서 손을 내리고 탁자 위에 두 손을 올렸다.

등줄기론 식은땀이 흘러내리고, 가만히 말아 올린 입가는 자꾸 처지려 한다.

진유청이 이 상황이 자신에게 불리하지 않은 쪽으로 흘러갈 거라 예상하고 시도할 수 있었던 건, 이청강이 그에게 호의를 갖고 있었기 때문이다.

화두를 '도를 믿으십니까?'로 던진 것 또한 그와 같은 맥락이다.

얼토당토않은 걸 툭 던져 봐야 전혀 소용이 없으니, 일어나지도 않은 일을 예견한 진유청과 연관되지만, 두루뭉술하게 덮어 버릴 수 있는 질문을 던진 것이다. 자신이 꼭 대답하지 않아도 되는 것으로.

사실 이청강이 아홉 살 어린아이가 한 말에 깊은 뜻이 있을 거라 여길 정도로 신경을 쓰는 건, 진유청이 선기를 타고 태어난 선택받은 아이란 헛소리를 주절거리는 홍개와 청운자의 이야기를 가장 가까이에서 들었기 때문이다. 그런 이청강에게 먹힐 만한 걸로 말해 주면 되는 것이다.

문제는 거기서 이청강이 어떤 결론을 내릴 것인지인데……

지금의 상황을 확실히는 알 수 없지만, 이청강의 머릿속

엔 눈앞에 진유청에 대해 두 가지 중 하나의 생각이 떠오르
고 있는 것 같았다.

내 자식도 아닌데 때려도 될까, 내지는 도를 깨달은 자.

전자면 자신의 사기가 통하지 않은 거고, 후자는……

마침 이청강의 목소리가 울려 퍼진다.

"도(道)라…… 세상이 이치와 흐름에 맞춰 이어지는 원
이라면 그럴 수도 있겠구나. 흘러간 게 되돌아와 보이지 않
던 게 보이게 되니…… 자고로 도란……."

이청강의 도에 대한 공부가 그리 깊지는 않지만, 관리이
기 이전에 학문을 공부했던 학생이자, 한 사람의 학자로서
폭넓은 지식을 갖고 있었다.

그는 글자로만 알고 있던 것이 현실 속에 드러나자 깊이
감동하고 놀라워한다.

눈앞을 가리던 나뭇잎 두 장이 떨어져 나간 듯 세상이 새
로이 보이고, 감정이 생생하게 손에 잡힌다.

자신은 유청이가 처음 찾아왔을 때, 경찬이를 위하는 마
음에 저 아이와 진가장을 받아들였다.

한데 진짜 도움을 받은 건 누구인가?

아들인 경찬이인가, 아니면 자기 자신인가.

속내를 털어놓고 허심탄회하게 웃는 성격은 되지 못하지
만, 울적한 날 한마디 말없이 술잔을 나눠도 어색하지 않을
친구가 생기고, 아들의 밝은 얼굴을 보며 머리를 쓰다듬어

줄 수 있게 됐다.

"인연이란 정말 놀랍구나."

이청강이 부드러운 어조로 진유청을 향해 말한다.

진유청이야 뭐 여태까지처럼 고개를 끄덕일밖에.

도대체 뭔 말인 거지? 저거 다 알고 하는 소린가?

경찬이네 아버지…… 엄청 똑똑한 사람이었구나!

오히려 진유청이 이청강에게 감탄하는 중이다.

하긴 그러니까 요직이라는 형부상서씩이나 하고 있는 거
겠지만.

진유청이 마른 입술을 혀로 핥았다.

얼른 끝내야지, 이러다 속 타 죽겠다 싶다.

어쨌거나 당장 엎어 놓고 엉덩이를 두들기지 않는 걸로
봐선 자신의 사기가 통한 모양이니…….

"이제 이야기가 끝났습니까?"

진유청이 해맑은 척 웃는다.

열두 살 어린아이답게.

하지만 열두 살 어린아이는 저런 표정을 만들어 낼 수 없
다는 걸 이청강은 안다.

"흐음."

이청강이 나직하게 신음을 흘린다.

도(道)가 있다고는 생각한다. 유청이의 존재로 인해 도
라는 게 머릿속에만 존재하는 게 아니라 현실 속에 발현될

수 있다는 것도 어느 정도는 수긍할 수 있게 됐다.

그럼에도 불구하고 황궁에 사는 귀신이자, 여섯 번째 손가락을 가진 자라는 표현은 너무 세밀하다.

흐름을 읽을 수 있는 것과 상황을 눈으로 본 듯, 귀로 들은 듯 정확히 하는 건 좀 다르다.

이청강은 진유청에게 사실을 묻기 전보다 더 혼란스럽고, 더 많은 걸 알고 싶어졌다.

자신의 머릿속에 떠도는 상념들이 과연 진실인지 마지막으로 확인하고 싶었던 이청강이 진유청에게 묻는다.

"너는 얼마나 볼 수 있느냐."

세상과 앞으로 다가올 일들을.

진유청이 긴장한다. 대답하지 않고 대충 넘길 수 없는 질문이 아닌가.

'얼마나'란 것 자체가 수적이든 질적이든 양을 뜻하는 것이니……

진유청이 이청강을 살피니 그에게서 풍기는 기도가 보통이 아니다.

이청강은 한 사람의 인간으로서, 학자로서, 관리로서 그동안 가져왔던 연륜을 모두 뿜어내고 있었다.

이거…… 아무래도 아주 중요한 질문 같다.

"제가 보는 건 아주 일부분, 작은 것들뿐입니다. 그것도 아주 가끔 말입니다."

진유청이 말을 고르고 골라 답한다.

어렴풋이 느껴지는 게, 아무래도 앞으로 다가올 일에 대해 얼마나 알 수 있는지에 대해 묻는 게 아닐까 싶었다.

뭐든 작은 게 좋은 거다. 그래야 뒤탈도 작게 나지.

진유청의 마음이 어떻던지 간에, 이청강은 그 스스로 내린 판단 아래 이해한다.

많거나 크지 않다는 걸 최대한 강조하려 한 진유청의 표현은 자기가 가진 능력에 대해 과신하거나 자만하지 않으려 한다는 신뢰감을 주었다.

"그렇구나."

어쩌면 진유청이 말을 아끼고 표현하지 않으려 하는 것조차, 그가 지켜야 할 순리에 포함되어 있는 게 아닐까 하는 데까지 생각이 미치니, 남아 있던 의혹마저 지워진다.

자신의 궁금증을 풀려고 유청이에게 이 이상 짐을 지워줘선 안 되지 않을까 싶었던 것이다.

이렇듯 진유청이 호의로 베풀었던 일에 대해 이청강도 호의로 답한다.

"이만 나가 보아라. 아이들이 밖에서 기다리겠구나."

이청강이 손을 내젓는다.

할 말도 떨어졌고, 눈앞도 캄캄하던 차에 들리는 이청강의 말은 진유청에게 구명줄 같았다.

"네, 그럼 나가 보겠습니다."

진유청이 기다렸다는 듯 벌떡 일어난다.

그러나 자꾸만 뒤돌아본다.

이렇게 끝나도 되는 거야?

자신이 아무리 사기 치려고 마음이야 먹었지만, 이청강쯤 되는 사람이 너무 순순히 넘어가니 오히려 찜찜하기도 하고…….

이래도 되나 싶기도 하고…….

그렇다고 말할 수는 없고…….

진유청이 문 앞까지 걸어갔다가 우물쭈물 걸음을 멈춘다.

"왜 그러느냐?"

진유청이 고민하다 고개를 돌려 이청강을 향해 말한다.

"진실을 다 말하지 못해 죄송합니다. 하나 그럴 만한 이유가 있음을 알아주십시오."

이청강이 잠깐 멈칫하지만, 이내 웃으며 고개를 끄덕였다.

다 안다는 듯이.

진유청은 이렇게나마 마음의 짐을 털어 버리려 드는 자신이 너무 찌질하게 느껴졌지만…….

으아악!

그런데도 마음은 한결 편해지는 게 문제다!

이 빤한 놈! 이 찌질한 놈!

너무 자신다워 별로 화도 안 난다.

원래는 이야기를 끝내면, 모용운지를 찾는 일에 대해 도움을 달라고 부탁하려 했지만…… 아무리 뻔뻔한 자신이라도 입이 떨어지질 않는다.

머릿속으로 생각했던 것과 실제 상황은 천지 차이였다.

어떻게든이란 생각과는 달리 참 어려운 말인 것이다.

사기까지 성공하여 오늘 일 자체가 한꺼번에 뭉뚱그려 묻힐 수 있는 최고의 기회인 건 확실한데…… 어쩔까?

용건이 다 끝났음에도 불구하고 진유청이 여전히 문 앞에서 미적거리자 이청강이 의아해한다.

"또 왜 그러느냐? 아직 할 말이 남았느냐?"

진유청으로선 선뜻 말을 꺼내기가 힘든 차에 다시 물어주니, 얼마나 감사하고 고마운지 몰랐다.

"부탁 하나만 들어주세요!"

눈을 빛내는 진유청의 모습이 제 나이 열두 살로 보인다.

"말해 보거라."

대체 무슨 부탁을 하려 저러는지 오히려 이청강이 궁금했다.

"사람 하나를 찾아야 해서 그럽니다."

"누굴 찾으려고?"

개방의 홍개가 있는데도 굳이 자신에게 부탁하는 까닭을 알 수 없지만, 저 아이가 그런다면 무슨 이유가 있겠지 하며 이청강이 꼭 필요한 말만 한다.

"모용세가의 모용운지 말입니다. 그녀가 꼭 필요합니다."

"……모용운지? 그 아가씨와는 무슨 사이더냐."

금오상단의 혜아와 진유청 사이는 진유청만 모를 뿐, 이미 동심회 내에선 공인된 한 쌍이다.

진유청의 입에서 나온 낯선 여자의 이름에 이청강이 걱정스러워하는 것도 당연하다.

"그게……."

진유청이 곤혹스러워하자, 이청강이 잠시 침묵하다가 고개를 끄덕였다.

"그래, 그것 또한 얘기하지 못할 이유가 있겠지. 내 조용히 알아보도록 하마."

이청강이 순순히 허락하자 진유청의 얼굴이 밝아졌다.

그가 꾸벅 고개를 숙인 뒤 밖으로 나갔다.

문이 닫히고 홀로 남은 이청강이 이젠 미지근하게 식은 찻잔을 손에 들고 마른 입술을 축인다.

"이제 열두 살. 도(道)를 볼 수 있는 아이라……."

진유청이란 아이가 세상에 불러올 파장이 감히 상상도 되지 않는다.

하지만 당장 현실 속에서 이청강의 신경을 더욱 쓰이게 만드는 건…….

"모용세가의 모용운지라……."

그는 오늘의 일을 절대 입 밖에 꺼내지 않겠다고 다짐한다.

금오상단에서 알면 상단이 발칵 뒤집어지고, 혜아가 북경으로 뛰어올지도 모른다.

이청강이 눈을 지그시 감았다.

"유청아, 아버님한테 혼났어?"

밖으로 나가니 나채환과 이경찬이 기다리고 있었다.

"아냐, 혼난 거."

"정말? 어머니 때문에 혼난 거 아냐?"

"응. 나 가출한 것 때문에 진가장에서 난리 났었잖아. 아버지가 오시면 싹싹 빌고 잘못했다고 하라고…… 그 얘기 들었어."

"그렇구나."

이경찬이 안도한 얼굴로 대답한다.

"경찬아."

진유청이 진지한 얼굴로 이경찬을 부른다.

왜 그러냐는 듯 이경찬이 진유청을 말똥말똥한 눈으로 바라봤다.

"어머니께 잘해 드려. 당신 보기에 눈에 차지 않는 친구와 놀면, 당연히 마음에 안 드실 수도 있고, 걱정도 하실 수 있는 거지."

"그런 게 어디 있어. 친군데! 대장이 친구는 가진 걸로 억누르지 않고, 위아래 없이 공평하여 마음을 나누는 거랬잖아."

그런 말을 하긴 했지만…….

"우리 서로야 그렇지. 하지만 내가 네 어머니 친구는 아니잖아."

이경찬이 이게 뭔 소리야, 하는 얼굴로 눈을 깜빡인다.

하나 반박할 수 없는 사실 아닌가.

"그, 그건 그렇지."

"그러니까 잘해 드려. 네 마음을 어머니가 모르듯, 너도 어머니 마음을 모르는 건 마찬가지잖아. 그럴 땐 네가 먼저 다가가 더 노력하는 수밖에 없지. 네 어머니가 그러시는 게 빠르겠냐, 아니면 네가 그러는 게 빠르겠냐?"

사랑하는 사이에선 더 아쉬운 사람이 지는 거다.

기다리지 못하는 사람이 먼저 움직이는 거고.

"……알았어."

이경찬도 어머니를 무척 사랑했다.

그건 당연하다. 무작정 어머니니까 사랑하는 게 아니라, 어머니로서 그녀가 충분히 제 역할을 하고 사랑을 주었기에 경찬이도 사랑하는 거니까.

"착하다."

진유청이 이경찬의 등을 두드려 준다. 마음이 좀 더 가벼

위졌다.

앞으로도 이가장을 위해 이 한 몸 열심히 써야겠다 싶다.

경찬이를 등쳐 먹겠다고 했어도, 자신도 할 건 해야지.

순리가 원을 그리며 이어진다는 건, 씨앗이 싹을 틔어 열매를 맺고, 사람의 입에서 다시 땅으로 전해지는 과정과 같다.

동물로 치면 약한 것이 강한 것에 잡아먹히고, 강한 것은 수명이 다해 죽어 다른 것의 먹이가 되는 끝없는 순환.

사람만이 제 의지로 순리와 이치에 벗어나는 선택을 하고 행동할 수 있다. 그리하여 하늘은 사람에게 인과를 내리고, 그 인과에 따른 보상을 한다.

그래서 사람의 삶엔 도(道)가 있다.

순리에 '맞춰', 순리를 '따르고자' 하는 이들을 사람들은 도인(道人)이라 한다.

하나, 여기 따로 이해하지 않아도, 애써 공부하지 않아도 자기만의 찌질한 방법을 통해 본능 적으로 도(道)를 행하며, 세상을 이루는 순리에 편입해 정도를 걷는 삶을 살아가는 이가 있으니……

"유청아, 같이 가!"

휘적휘적 먼저 걸어가는 진유청의 뒤를 쫓아가며 이경찬이 그를 부른다.

"니 걸음이 늦은 거야. 얼른 와아."

진유칭이 지친 목소리로 대답하며 쭉쭉 나아갔다.

◑   ◑   ◑

황태자 주태민은 벌써 며칠째 입궁하지 않는 이경찬으로 인해 심기가 불편했다.

탁!

손에 들고 있던 책을 탁자 위에 던지며 주태민이 인상을 찌푸린다.

"뭘하느라 코빼기 한 번 비추지 않는 게야."

생각할수록 불쾌했다.

신하된 도리로, 당연히 황족에게 매일 문안 인사를 드려야 하지 않겠나!

물론 주태민의 논리대로라면 매일 드나드는 수많은 신하들로 인해 황궁이 미어터져 더욱 짜증이 났을 테지만, 그는 일부러 거기까진 떠올리지 않았다.

당장은 입궁하지 않는 이경찬에 대해 어떻게든 꼬투리를 잡고 싶을 뿐이니까.

"이번 기회에 같이 공부할 녀석을 바꾸겠다고 어마마마께 얘기해 볼까? 학문으로 치면 대학사의 자식인 윤경을 뽑음이 낫고…… 아, 그래! 금의위 수장인 양 도독의 자식인 양효림도 있었지! 그 녀석은 머리도 비상한 데다, 말 타

기와 활쏘기에도 능하지. 게다가 제 아비를 닮아 검도 잘
쓴다지?"

금의위 도독이라면, 경찬이의 아버지인 형부상서 이청강
에 비해서도 손색이 없는 자리였다. 아니 오히려 실권으로
따져 보면 더 나을 수도 있었다.

"흐음. 나쁘지 않은걸?"

잔소리만 엄청 해 대고, 고집은 또 어찌나 센지 감히 황
태자인 자신에게도 바락바락 대드는 고루한 녀석을 이참에
내치는 거다.

그래도 아주 마음에 들지 않는 건 아니었지만, 황태자를
하늘처럼 모시지 않는 녀석이라면 이쪽에서도 필요 없다.

자신이 먼저 내치리라.

결론을 내리니 차라리 홀가분하다.

주태민은 이경찬이 거의 매일 입궁하기 전에 어울렸던
아이들을 본 지도 오래됐고, 겸사겸사하여 양효림을 부를
마음을 먹는다.

생각난 김에 일을 처리하기 위해 의자에서 몸을 일으키
던 주태민이 바깥에서 느껴지는 기척에 얼굴을 굳힌다.

누가 감히 황태자의 서재를 엿보는가.

추상같은 기운이 쏟아지며 날카로운 눈매가 조금 열린
방문을 향하는데…….

"오라버니…… 서희입니다."

어여쁜 얼굴 하나가 문틈 사이로 드러난다.

잠시 안을 엿보았을 뿐인데, 어찌 저리 빨리 알아챘는지 당혹스러워하는 기색이 역력했다.

"네가 여기는 웬일이더냐."

사랑스러운 여동생이라 하나, 자신에 대해 예의를 지키지 않는 걸 그냥 넘어가 줄 주태민이 아니었는지라 목소리가 싸늘하다.

"그냥 어마마마께 가는 길에 잠시 들렀습니다."

서희의 대답에도 주태민의 기분은 나아지지 않았다.

하지만, 서희의 커다란 눈동자가 또로록 구르며 서재 안을 훑는다.

주태민이 그녀의 시선을 쫓아 고개를 돌리며 의아해했다.

항상 같은 서재 안에 뭐 찾을 게 있다고 저리 두리번거리나 싶⋯⋯.

아아⋯⋯ 그렇다.

주태민이 입가를 말아 올리며 짓궂은 눈으로 서희를 빤히 바라본다.

"아, 제가 잠시 다른 생각을 하느라고⋯⋯ 이만 가 볼게요, 오라버니."

주태민의 시선을 눈치챈 서희가 당황하여 몸을 빼려 하지만, 주태민은 잡은 먹이를 놓치는 사람이 아니다.

"무얼 찾으려고 고고한 동생이 여기까지 왔나 했더니

만…… 언제나 이 자리에 있었지만 근래 들어 보이지 않는 게 있긴 하군."

서희가 고개를 젓는다.

"아니에요!"

"아니라니, 뭐가 아니더냐. 난 별말 하지 않았는걸?"

새침한 성격에 자존심이 강한 서희가 오라비의 놀림에 속이 상한 나머지 눈에 눈물이 그렁그렁 해진다.

"이런. 울지 말거라. 이 오라비가 여자들 우는 것을 질색한다는 걸 알면서 그러는구나."

다소 독선적인 데다 자기중심적인 황태자지만, 어머니가 다른 귀비들의 태생도 아닌 하나뿐인 친여동생이 울음을 터트리니 조금 난감하다.

"흑…… 흑…… 전 그냥…… 무슨 일이라도 있나…… 확인해 보라고…… 어마마마께서 얘기하셔서…… 심부름 삼아……."

울먹이며 하는 이야길 들어 보니 이번에도 어마마마께서 서희를 부추기셨나 보다.

"어마마마는 대체 그 꼬장꼬장한 녀석의 뭐가 그리 마음에 들어 이렇게 총애하시는 건지 알 수가 없군."

뭐, 아예 모르는 바는 아니지만.

황후는 서희를 보내, 서희로 하여금 황태자에게 언질을 주고 계신 거다.

이경찬이 황궁에 들어오지 않는 것에 대해 어떻게 생각하냐고.

금의위 도독의 자식인 양효림과 다른 아이들을 불러서 오랜만에 활쏘기 내기를 하겠다던 생각은 어느새 저 멀리 사라진 주태민이 미간에 주름을 잡는다.

서재 안에 서희의 울음소리와 팔짱 낀 주태민이 나란히 섰다.

"이거 아무래도 안 되겠어. 제깟 녀석이 뭔데 황실의 소중한 공주를 울리고, 황태자를 기다리게 하냔 말이지."

주태민이 서희에게 시선을 돌린다.

"보러 갈까?"

"뭘요?"

서희가 붉어진 눈가를 연신 손등으로 닦아 내며 묻는다.

"경찬이. 그렇게 보고 싶으면 보러 가자꾸나."

"제가 언제 보고 싶다 했어요?"

서희가 정색을 하며 언성을 높인다.

"허어, 여기 온 게 다 그 까닭이란 걸 내 모를 줄 아느냐. 아니면 네가 왜 어마마마의 심부름을 자처하여 이곳까지 걸음했을꼬."

서희가 하얗게 질린 얼굴로 어쩔 줄 몰라 한다.

이럴 때 보면, 자기 동생이라 그런 게 아니라 이경찬이 혼을 쏙 뺄 만큼 사랑스럽긴 하다.

자신도 서희를 골려 보려 그런 거지, 진짜로 황궁을 나가 이경찬이 있는 이가장까지 가는 무리를 하려는 건 아니다.

황태자가 황궁을 한 번 나서려면 얼마나 복잡한 과정이 기다리는지 뻔히 알고 있으니 말이다.

"걱정하지 마라. 경찬이 대신 형부상서를 만나러 가면 될 일 아니냐. 내일도 경찬이가 안 오면, 형부상서가 입궁할 때를 기다려, 우연히 만난 척 안부를 묻고, 슬쩍 경찬이에 대해서도 물어보자꾸나."

주태민의 말에 서희가 눈물을 그친다.

"그래요? 그러면 되겠네요?"

이 녀석이 걱정을 하긴 참 많이 했나 보다.

경찬이 너, 내 동생을 울리다니, 배짱도 두둑하구나.

이 일은 훗날 꼭 갚아야 할 게다.

"그러자꾸나."

주태민이 여동생의 짙고 검은 속눈썹 위에 매달려 있다 '툭' 하고 떨어지는 마지막 눈물방울을 검지로 슥 훑어 내며 대답했다.

다음날, 서둘러 황제 폐하가 계신 대전으로 향하던 이청강은 두 명의 황족과 마주하게 된다.

"태자 전하와 공주마마께서 어인 일이십니까."

이청강이 인사를 건넨다.

"내 지나가다 형부상서께서 보이기에 얼른 달려온 길입니다."

"저를 말입니까?"

이청강이 의아한 듯 되묻는다.

자신의 아들인 경찬이가 황태자와 매일 공부를 같이하며 친하게 지내고 있다 하지만, 자신과 황태자가 직접 만나야 할 만한 일이 있을 리가 없기 때문이다.

서희는 제 손을 꼭 쥔 오라비가 자신을 향해 의미심장한 눈빛을 보내는 걸 확인하고는 도망치려 했지만 쉽지 않았다. 나이 차가 세 살이나 나는 오라비의 힘을 당해 낼 수가 없었던 거다.

"네. 우리 서희가 경찬이의 근황을 너무 궁금해하고 걱정하여, 제가 직접 나섰습니다."

주태민은 이경찬이 서희를 울리는 건 참을 수 없었지만, 자신은 가능하다 여겼다.

태자이자 친오라비 아닌가. 이 정도 심술쯤은 능히 이해해 줘야지 하고 생각하는 듯싶다.

"오라버니!"

서희가 얼굴이 새빨개져 소리를 지르지만, 주태민은 별로 개의치 않았다.

"동생이 꽤나 부끄러운 모양입니다."

이청강의 시선이 황태자에서 서희에게로 옮겨진다.

자신의 아들이 서희 공주를 좋아한다는 건 황궁 내에 모르는 이가 없다 듣긴 했지만, 서희 공주는 전혀 관심이 없다 하던데……. 꼭 그렇지만도 않았나 보다.

공주의 나이 열한 살. 몇 년 있으면 부마가 결정될 나이이다. 하나 자신의 아들과 어울리는 건 그다지 좋게 보이지 않을 텐데…….

"너무 그러지 마십시오. 아직은 어린아이들이지 않습니까?"

황태자가 무표정한 얼굴로 이청강에게 말한다.

황태자 자신도 이경찬의 순정에 대해 조소를 보낸 적이 있긴 하나, 그의 마음이 진심이고 어마마마께서 끝까지 후원하신다면 한 번쯤 고려는 해 봄 직하다 여겼는데…….

이청강이 아차하며 사과했다.

"죄송합니다, 태자 전하."

"내 형부상서가 무슨 생각을 하는지 압니다. 그리고 서희를 탐내어 벌써부터 황궁에 연통을 넣는 이들에 비하면, 형부상서가 얼마나 사리사욕이 없는지도 말입니다. 하지만 너무 더러운 곳에서 발을 빼려 들면, 후엔 발만 빠지는 게 아니라 등을 떠밀려 온몸이 진창에 빠질 수도 있다는 걸 잊지 마십시오."

주태민에게서 위압감이 느껴진다.

열네 살이라곤 믿어지지 않지만, 그가 현 황제를 쏙 빼닮은 황태자란 걸 감안하면 절로 고개가 끄덕여진다.

게다가 그가 말한 내용으로 따지면, 이청강이 아들의 행복을 위해 부마 자리를 탐탁지 않아 한다는 걸 이미 알아차린 듯 보이지 않는가.

거기에 곁들인 경고까지 잊지 않는 모습은 확실히 앞으로 황위에 오를 황태자로서의 오만함과 영민함이 동시에 느껴지는 모습이었다.

"새겨 두도록 하지요."

그렇다고 이청강이 물러나거나 주눅 들진 않는다.

아무리 상대가 황태자라 하나 이청강은 황제 폐하의 신하이자 스스로의 일에 자부심을 갖는 사람이었다. 정말 잘못한 것도 없는데 쩔쩔맬 이유가 없는 것이다.

"형부상서를 보니 경찬이가 누굴 보고 그렇게 자랐는지 알 것 같습니다. 아, 이거 칭찬입니다. 이를테면…… 날 보고 황제 폐하를 떠올리는 사람들처럼 말입니다."

역시 여간내기가 아닌 황태자다.

"그런데 경찬이는 왜 이리 오래 입궁하지 않아서 내 동생을 걱정하게 만드는 겁니까?"

주태민이 분위기를 바꾸며 가벼운 어조로 물었다.

서희는 일변하는 상황에 적응하지 못해 더 이상 오라비를 보채지도 않고 입을 앙다문 채 눈을 내리깔고 있는데, 꼭 수줍어 그런 듯 보였다.

"이가장에 귀한 손님이 와서 경찬이가 바깥출입을 거의 하고 있지 않습니다. 태자 전하와 서희 공주님의 이야기는 저녁때 돌아가서 전하도록 하지요."

"안 돼요!"

서희가 고개를 발딱 든다.

"하지 마세요, 약속하세요!"

앙칼진 목소리에 눈가를 파르르 떠는 게 정말 싫은가 보다.

이청강은 부끄러워 그러나 싶어 고개를 끄덕였다.

"그럼 태자 전하의 이야기만 전하도록 하는 게 낫겠습니까?"

황태자는 자신이 경찬이를 찾는다는 게 그의 귀에 들어가면, 자신은 체면이 구겨지고 그는 콧대를 세울 거라 여겨 고갤 저었다.

"나는 찾은 적 없습니다. 서희를 대신해 물은 거지요."

서희가 제 오라비를 쏘아보지만 어쩔 수가 없다.

이제 와 아니라 해도 누가 믿겠는가.

"알겠습니다. 전 이만 가 봐도 되겠습니까?"

이청강이 그럼 지금의 만남은 없었던 일로 해야겠다고 생각하며 걸음을 옮기려는데, 문득 떠오른 듯 황태자가 묻는다.

"그런데 귀한 손님이 누구기에 경찬이가 바깥출입도 하

지 않고 집에만 붙어 있는 겁니까?"

"아……."

이청강의 입가에 저도 모르게 미소가 지어진다.

황태자가 눈을 가늘게 떴다. 내내 딱딱하던 이청강에게서 처음으로 부드러운 기운이 느껴진 것이다.

주의해야겠군. 형부상서가 이리 마음을 쓰고, 경찬이가 집 밖에도 안 나올 정도로 귀한 손님이 대체 누군지.

"경찬이의 친구가 찾아왔습니다."

경찬이의 친구? 북경의 내로라하는 고관대작의 자제들도 제 눈에 차지 않는다는 듯 돌아보지 않고, 황태자의 총애를 받는다는 헛소문에 줄을 대려는 관리나 상인의 자식들과도 어울리지 않아서 외톨이처럼 지내는 그 녀석에게?

따돌림당하는 게 아니냔 소문까지 있을 정도인데도 굳건히 홀로 다니고, 자신과 공부를 하기 위해 황궁에 입궁하는 것도 반은 황후마마의 등살에, 나머지 반은 서희를 보러 억지로 오는 그 녀석이?

친구란 말이 낯설어 잠시 멈칫했던 주태민이 '아아!' 하고 나직하게 신음을 발한다.

"혹시 가출했다던 경찬이의 '대장'이 온 겁니까?"

이번엔 이청강이 조금 놀란 기색이다.

경찬이가 황궁으로 드나드는 게 제 의지가 아닌 줄 알았는데, 유청이 얘기를 할 정도면 황태자와 제법 친근히 지냈다는 뜻이 아닌가.

"태자 전하께서 어찌 유청이를 아십니까?"

맞다, 진유청.

"가출이 끝났나 봅니다?"

"네. 그런 듯합니다. 제 아비와 형에게 전갈을 보냈으니, 곧 달려오겠지요."

말끝에 스미는 온기가 또 황태자를 불쾌하게 한다.

흐응, 그렇게 따른다는 대장이 왔으니, 황태자인 나는 신경도 안 쓴다 이건가?

"더 이상 시간을 지체하면 폐하께서 기다리시게 되니, 소신은 가 봐야겠습니다."

황태자 앞이지만 이청강은 그리 어려움 없이 자리를 뜨겠다 말을 꺼낸다. 누가 경찬이 아버지 아니랄까 봐.

"그러십시오."

황제 폐하를 만나러 간다는데 뭐라 할 수 있는 일도 아니어서, 주태민이 차갑게 대답한다.

이청강은 정말 뒤도 돌아보지 않고 가던 길로 쌩하니 사라진다.

주태민은 저렇게 찬 사람이 수하들에게 평판이 그리 좋다는 게 신기할 따름이었다.

그렇게 황족 둘만 남게 되자, 서희가 제 오라비를 원망스런 눈으로 올려다본다.

"오라버니께서 어찌 제게 이러실 수 있으세요?"

주태민이 감정이 담기지 않은 건조한 눈으로 그녀를 직시하자, 서희가 움찔 놀라면서도 이를 악물고 시선을 거두지 않는다.

"그래, 이래야 황족답지."

주태민이 얼굴을 풀고는 피식 웃는다.

오라비가 정말 무서웠던 서희가 안도하며 작게 한숨을 내쉰다.

자신의 오라비는 도통 종잡을 수가 없는 사람이었다. 친동기 간이자 동생인 자신에게도 속내를 보여 주는 일이 없으니…….

"경찬이가 좋더냐?"

"……조, 좋은 건 아니에요. 그저 매일 드나들던 이가 오지 않으니 신경이 약간 쓰인 거지요."

원래 거기서 시작하는 거다. 설레임이란.

누군지 관심도 안 보이다가 기다리게 되고, 안 오면 걱정되고, 그러다 신경이 쓰이는 거 말이다.

누굴 사랑해 본 적 없는 주태민도 머리로 아는 걸, 아직 어린 여동생은 감지하지 못하고 있다.

"이대로 두면 경찬이 녀석, 제 대장인지 뭔지가 갈 때까지 입궁하지 않겠군."

이청강에게 압력을 넣어 봤자 소용없을 거 같고……. 어마마마께 부탁했다간 제 속이 빤히 들여다보일 테니 싫고……

"가서 데려오자꾸나."

"누굴요?"

서희가 불길한 예감에 뒷걸음질 친다.

이건 위험했다.

"경찬이 말이다."

"왜 얘기가 그렇게 가나요. 전 끼지 않을래요."

서희는 좀 전의 일을 똑똑히 기억하고 있었다. 또 오라비는 자신을 빌미로 삼고 부끄럽게 만들 게 분명했다.

"어허, 이 오라비를 믿지 못하느냐?"

주태민이 눈을 가늘게 뜨고 차갑게 말하자, 서희가 고민하지만 결국 거절했다.

"오라버니께서 방금 한 짓을 생각해 보세요!"

바람이 쌩하고 휘돌 만큼 휙 몸을 돌린 서희가 이청강이 사라진 반대 방향으로 가 버리자, 혼자 덩그러니 남은 주태민이 혀를 찼다.

설마 그 귀찮음을 무릅쓰고 자신이 이가장으로 갈 마음을 먹을 줄 누가 알았겠나.

"바로 다시 써먹어야 할 때가 있을지도 모르니, 빌미로 삼을 땐 미끼를 멀리 던져야겠군."

투덜대는 주태민이 향한 곳은 바로 황후의 궁이다.

어마마마가 특별히 총애하는 경찬이에 대한 거라면, 그리고 자신이 그와 잘 지내길 바라는 어머니라면, 기꺼이 잠행을 핑계로 하여 자신을 황궁 밖으로 내보내 주실 거라 판단했다.

그것도 자신이 원하는 대로 귀찮은 일들을 건너뛰고, 편하게.

"진유청이라······. 그 낯짝 한번 봐줘야겠군. 대체 어떤 놈인지."

이 결정은 순전히 황태자의 수많은 변덕 중 하나일 뿐이었다.

第四章

가자!

"빨리 넘겨줘요!"

날카로운 목소리에 조량이 허겁지겁 써내려 가던 것을 정리한다.

"여기 온 지가 벌써 얼마인데, 아직도 이 정도 계산에 헤맨단 말이에요?"

짜랑짜랑한 목소리가 귀에 파고들자 조량이 마른침을 꿀꺽 삼킨다.

오늘도 혼나는 건가?

조량이 작성한 장부를 희고 가는 손 위에 올려놓자 소녀가 좌르륵 장부를 넘겨본다.

그냥 숫자만 계산하는 것이라면 이렇게 어렵지 않을 텐

데, 금오상단의 일은 하나 뒤에 하나가 숨어 있고, 장부 작성엔 자신의 의견을 첨언하여 수익에 대한 평가를 내려야 했기 때문에 머리만 좋다고 할 수 있는 일이 아니다.

그래도 근방에선 제법 머리가 뛰어나 좋은 상인이 될 거란 소문이 자자한 조량이지만, 그에게도 장부 정리는 여전히 어려웠다.

"음, 만성전장은 아무래도 위험할 거 같아요. 그 아들 되는 사람이 방탕하여 이번에 도박장에 빚을 꽤 졌다 하더라고요. 그 정도는 미리 알아봐야 하지 않았을까 싶네요. 주의해 주세요. 그리고……."

소녀가 끝말을 흐리자, 조량이 조마조마하여 다음에 떨어질 호통을 기다린다.

하지만 소녀는 조량에게 얼굴을 들이밀며 생긋 웃었다.

"나머지는 다 잘했어요, 량 오라버니."

오라버니라니!

오늘 한 일이 혜아 아가씨의 마음에 든 모양이다!

"감사합니다, 소단주님."

"소단주는 무슨. 그냥 혜아라고 부르라니까요?"

혜아가 손사래를 치며 배시시 웃는다.

양 볼에는 보조개가 쏙 파이고, 연분홍 비단옷은 흰 피부와 너무 잘 어울려 한 마리 나비 같다.

이제 열넷이라 했는데, 앞으로 삼사 년만 지나면 근방에 있는 청년들은 물론, 금오상단의 이름이 걸려 있는 인근에 사는 이들은 눈을 떼지 못하게 되리라.

"유청이가 얼른 이런 혜아 아가씨를 봐야 할 텐데."

그래야 그 녀석이 가출이니 뭐니 하는 어울리지도 않는 사고를 안칠 텐데 말이다.

조량의 말에 혜아의 밝은 얼굴에 그늘이 드리운다.

자기가 어떻게 해야 가장 예쁜지도 알고, 스스로 꾸미는 걸 좋아하는 혜아가 이만큼 표정 관리가 잘 안 될 때는 진유청에 대한 이야기가 나올 때뿐이었다.

"아, 죄송합니다, 아가씨!"

조량이 서둘러 사과한다.

자기가 괜한 얘기를 꺼낸 것이다.

"아니에요. 걱정해 주는 량 오라버니가 무슨 죄겠어요. 집 나가서 사서 고생하는 어디의 누구가 나쁜 거지. 그 녀석 때문에 애꿎은 이현 오라버니까지 진가장을 나가서 고생하시고 계신 게 너무 속상하다니까요."

혜아가 묻지도 않은 말까지 한 뒤 수줍었는지 장부를 품에 꼭 껴안고 후다닥 뛰어 나간다.

"멀쩡해 봬서 다행이긴 한데, 혹시 혼자 있을 때 우는 거 아닐까?"

조량이 걱정한다. 남 앞에서 약한 모습을 보이는 걸 싫어하는 혜아다 보니 걱정이 됐다.

"그럴 리가 있나?"

불쑥 들려오는 목소리에 조량이 깜짝 놀란다.

하지만 곧이어 보이는 익숙한 얼굴.

"단주님, 나오셨습니까!"

조량이 허리를 깊숙이 숙이며 인사를 했다.

"자네는 여전하구먼."

처음 금오상단에 왔을 때부터 지금까지 항상 깍듯했다. 이 년 좀 넘는 시간 동안 최단기간에 금오상단 내부 관리자 중 한 꼭지를 맡는 중임을 맡았지만, 으스대는 기색 하나 없이 언제나 열심이다.

"유청이 그 녀석이 그런 사고를 쳐서 우리를 놀래키는 동안, 그래도 상단 일은 제대로 하라고 자네를 보낸 모양이야."

자신을 칭찬해 주는 말이 분명한데도 조량은 얼굴을 들 수가 없었다.

유청이의 일이 바로 자신의 일이 아닌가.

"혜아는 걱정하지 말게나. 저 아이는 강해."

단리 상단주의 얼굴에 부드럽게 주름이 잡힌다.

정말이다. 자신의 손녀는 아주 강하게 잘 자랐다.

"네, 알고 있습니다."

조량도 멋쩍게 웃는다.

자신도 알지만 걱정이 되는 건 어쩔 수 없다.

동생 같은 유청이의 약혼녀란 얘기를 들었을 때, 어쩜 이리 잘 어울리는 한 쌍이 있나 싶어 감탄했다. 훗날 유청이의 부인될 사람이라면 자신에게도 소중한 사람이니 마음속으로나마 여동생 삼아 잘해 주리라 다짐했던 것 때문에 더 그런 모양이다.

하나 세상에서 혜아를 가장 잘 알고, 걱정하는 분이 저리 말씀하시니, 자신은 쓸데없이 고민하지 말고 이 마음으로 더 노력하여 일하는 긍정적인 방향으로 바꾸어야겠다.

"이제 슬슬 진가장으로 돌아가야지?"

단리 상단주의 말에 조량이 밖을 내다보고는 깜짝 놀란다.

어느새 새벽 동이 환하게 터 오르고 있었다. 분명 자신이 장부에 얼굴을 처박을 때만 해도 막 어둠이 내리깔리기 직전이었는데!

"시간 가는 줄도 몰랐나 보네. 얼른 준비하게. 빠른 마차를 준비해 놓았으니까. 모두들 진가장에 모여 유청이를 찾는 일에 대해 논의하기로 했으니, 나도 참석해야 한다네."

자기 표정을 너무 쉽게 들키자 조량이 얼굴을 붉히며 고개를 끄덕였다.

그리고 주섬주섬 짐을 챙겨 등에 짊어진 뒤 밖으로 나선다.

"이동하는 거리도 만만치 않은데, 금오상단에선 상인이 되고, 돌아가면 진가장 총관 노릇을 해야 하니, 자네도 참 정신없겠어."

"제가 당연히 해야 할 일이지요."

조량이 머릴 긁적이며 대답했다.

진가장주님께서 몸에 좋다는 약을 지어다 주셔서 그걸 먹고, 소장주님이 가르쳐 준 기본 수련을 열심히 해서 그런지 체력도 많이 좋아졌다.

게다가 일은 해도 해도 질리지가 않는다. 할 수만 있다면 몸을 몇 개로 쪼개서라도 더 많은 일을 하고 싶었다.

자신이 일을 함으로써 얻는 성취감과 다른 이들에게 도움을 준다는 기쁨은 말로 형언하기 어려웠다.

단리종은 기꺼운 얼굴로 그런 조량을 바라본 뒤, 함께 밖으로 나갔다.

조량과 동행하여 진가장에 도착한 단리종은 마차에서 내리자마자 이제 익숙한 진가장의 후원으로 향했다.

모두들 거기 있으려니 싶다.

그런데 다가갈수록 웅성거리는 소리가 커지는 게 아닌가?

"나 없이 먼저 시작했나 보군."

단리종이 중얼거린다.

하긴 한시가 급한 일이긴 했다.

유청이가 가출한 지 반년이 지났을 무렵부터 단리종 자신은 동심회가 합심하여 녀석을 찾아야 한다고 주장했었으나, 번번이 진가장주의 애원에 가까운 만류에 뜻을 꺾어야 했다.

제 자식의 일이니 어쩔 수 없이 진가장주의 고집대로 해주긴 했으나, 이젠 다들 마음이 조급한가 보다.

단리종으로선 반길 일이지 불쾌해할 만한 일이 아니었다.

한데 가까이 갈수록 들려오는 말들이 이상하다……?

"제가 가겠습니다!"

"아니네. 이런 일은 내가 제격이네."

단리종이 이마에 깊은 주름을 잡으며 발걸음을 빨리 한다.

후원에 도착하자 진가장주를 비롯한 다른 이들이 탁자를 중심으로 원을 그린 채 서서 맹렬한 기세로 외치는 게 보였다.

"진 장주, 나와 함께 가세나. 내가 무당의 검이 가진 온유함이, 어떻게 사람들에게 두려움을 주는지를 똑똑히 보여주겠네!"

잘 나서지 않는 청운자마저 눈을 빛내며 큰소리를 낸다.

"아니네. 소림의 손은 자비만을 뜻하지 않는다는 걸 내가 증명할 걸세!"

목영까지 얼굴을 굳힌 채 청운자를 가로막고 자신이 해

야 할 일이라 반박하는 걸 보니…….

단리종은 기어코 사달이 일어났구나 싶어 입술을 지그시 깨물었다.

유청아…… 네게 무슨 일이 일어난 것이냐!

단리종의 안색이 하얗게 질렸을 때, 진호철이 어깨를 부르르 떨며 어두운 얼굴로 말한다.

"모두의 뜻은 감사하나, 이건 저 혼자 해야 할 일입니다."

단리종은 그건 절대 있을 수 없는 일이라 생각했다.

"무슨 소리!"

날카로운 외침에 좌중이 단리종을 향해 시선을 돌린다.

"오셨습니까?"

진호철이 단리종을 맞이하자, 다른 사람들도 단리종을 향해 제 위치에 맞는 인사를 건넨다.

무공으로 따지면 고수 중의 고수로 강호에서도 손꼽히는 이들이 셋이나 있었는데도 단리종의 기척을 느끼지 못한 건, 그만큼 다른 데 신경이 쏠렸기 때문이리라.

"금오상단의 전부를 쏟아부어서라도 용서할 수 없네!"

단리종이 으르렁거렸다.

금오상단으로 돌아가 혜아를 무슨 낯으로 보란 말인가?

무림의 일에 한 발 빼려 했던 자신과 금오상단이, 어째서 더욱 깊이 발을 들이밀며 동심회에 전폭적인 지지를 하고 있는데!

그 모든 게 유청이 때문인 것이다.

"금오상단의 상인들은 물론 다른 상단에 압력을 넣어서 그놈에겐 물 한 모금, 쌀알 하나 팔지 못하게 하겠네."

단리종이 더욱 섬뜩한 눈을 빛내며 좌중을 돌아보더니 말을 잇는다.

"천하에 돈으로 살 수 있는 무사를 모두 모아서, 그놈이 눈 한 번 편히 감고 자지 못하고, 다릴 접어 쉴 공간조차 없게 만들겠네! 그러고도 분이 안 풀리면 내 직접……!"

단리종의 말이 이어질수록 소란스러웠던 좌중이 고요해진다.

진호철은 마른침까지 삼키며 이마에 흥건한 땀을 소매로 닦았다.

"저…… 그, 그렇게까지는 좀……."

진호철이 단리종을 말리려 하자, 단리종이 역정을 낸다.

"자네는 그럼 그놈을 어쩌려는 겐가!"

"저는 그저 다리몽둥이를 부러뜨려 다신 나쁜 짓을 할 수 없게……."

"정신이 있는가, 없는가! 한 번 나쁜 짓을 한 놈이 두 번이라고 못 할까! 아주 본때를 보여 줘야 하네. 그놈만이 아니라 그놈의 가족과 친지, 그리고 조금의 인연이라도 있는 이라면 모두에게!"

우리의 아픔만큼, 아니 그보다 더 이자를 쳐서 똑똑히 갚아 줄 것이다!

자신은 상인이고, 상인은 절대 셈을 잊지 않는 법이니!

단리종의 말에 이젠 좌중의 안색이 하얗게 질린다.

"유, 유청이와 유청이의 가족에 친지, 그리고 조금이 아니라 많은 인연이 있는…… 우, 우리를 어쩌겠다는 건가? 대체 왜?"

홍개가 도대체 이해가 안 된다는 듯 머리를 쥐어 싸맨 채 괴로워한다.

우리가 무슨 잘못을 지었다고?

가출한 건 유청인데?

그리고 가출 좀 했다고, 무슨 금오상단에 다른 상단까지 압력을 넣어 밥도 못 먹게 하고 잠도 못 자게 하고…… 삼족을 멸할 기세라니…….

단리 상단주, 좀 너무하신 거 아뇨?

홍개의 눈초리가 대번에 추켜 올라간다.

단리종은 주변 분위기가 이상하게 흘러가자 오히려 당황했다.

모두가 유청이를 제 피붙이처럼 아끼는 이들이고, 진 장주는 영악한데다, 제 아비와 형을 끔찍이 생각하는 유청이라면 사족을 못 쓰는 이다.

그런데 복수에 대해 왜 이리 담백한가?

어찌 자신의 분노를 이해해 주지 않을까?

"······단리 상단주, 소림이 무어 서운하게 한 거라도 있었나?"

목영 선사까지 나서서 저리 말하니, 이젠 섭섭하다 못해 환장할 지경이 됐다.

"모두들 어찌 이러십니까. 유청이를 해한 범인이 있다면 마땅히 이보다 더한 복수라도 해야 하지 않겠습니까?"

단리종의 말에 진호철이 바짝 말랐던 입술에 침을 바르며 묻는다.

"저게 무슨 소리야?"

홍개가 눈을 휘둥그레 뜨고 팔꿈치로 청운자의 옆구리를 찍는다.

"금오상단에서 새로운 소식이라도 접한 건가?"

청운자도 안색을 굳히며 중얼거린다.

단리종의 말로 인해 좌중이 와글와글해지며 오히려 난리가 나자, 단리종이 수염을 쓰다듬으며 마음을 가라앉히고는 진호철에게 물었다.

"유청이에게 아무 일도 없는 겐가?"

"우리 유청이는 멀쩡합니다만."

"그럼 좀 전에 각자 자기 실력을 얘기하며 나서던 건 왜인가? 복수를 하기 위해 서로 자신을 데려가 달라 외치던 게 아닌가?"

단리종의 이야기를 듣던 이들이 서로를 돌아보며 어색하

게 웃는다.

그게 그렇게 들릴 수도 있었겠구나 싶은 것이다.

그제야 서로 다른 얘기를 하고 있었단 걸 깨달은 이들이 멋쩍게 웃는다.

진호철이 단리 상단주에게 말했다.

"사실 유청이에 대한 소식이 좀 전에 도착했습니다."

"뭐라?"

단리종이 깜짝 놀라며 진호철의 검지가 가리키는 곳으로 눈을 주니, 후원 중심에 있는 탁자 위에 흰 서찰 한 장이 놓여 있었다.

냉큼 다가가 서찰을 손에 든 단리종이 단숨에 읽어 내린다.

시시각각 변하는 단리종의 표정은 좀 전에 진호철을 비롯한 다른 이들과 너무나 같아 안쓰럽기까지 했다.

무공도 익히지 않은 노인네가 저러다 피가 쏠려 쓰러지면 어쩌나 걱정하는 기색이 역력하다.

와락!

단리종이 편지를 구겨 두 손에 움켜쥐고는 진호철을 바라봤다.

"날 데려가게. 아까 했던 말에서 조금 가감하여 행동하도록 하지."

……그거 진심이셨습니까?

진호철은 단리종을 말리고 싶었다.

아무리 밉고 화가 나더라도 자식은 자식 아닌가.

"그냥 저 혼자 가겠습니다."

진호철이 정중히 사양하자, 단리종을 비롯하여 다른 이들이 또 맹렬히 나서기 시작했다.

저들은 저래도 될 만큼 유청이를 아꼈고 걱정한 사람들이다.

그걸 알기에 진호철로서도 난감하다.

자신도 당장 한걸음에 이가장으로 달려가 유청이의 다리 몽둥이를 똑 부러뜨리고, 다신 가출 같은 나쁜 짓을 못 하게 하고 싶다.

그리고 진가장에 데려온 뒤 평범하게 다른 아버지들처럼 혼내 가며 무공 수련을 시키고, 공부를 가르쳐 더 이상 다른 생각은 하지 않게 하고 싶었다.

하나 저들을 보건대…… 다리몽둥이 부러지는 건 일도 아닌 듯싶다.

할아버지도 많고, 숙부도 많고, 하다못해 형들도 많은 진유청은 칭찬도 몇 배로 받고 사랑도 몇 배로 받지만 그 덕에…….

"매도 몇 배로 맞겠군."

진호철이 혀를 찼다.

게다가 유청이에게 닥칠 진짜 큰일은 저들 모두에게 혼이 나더라도 이현이가 없는 한 맞아도 맞는 게 아닐 거다.

우애가 두터웠던 형제이니만큼 그로 인해 사달이 나면 크게 날 터.

"진짜 무서운 건 이현이지."

자신이 그렇게 말리는데도 유청이를 찾겠다며 집을 나선 첫째 생각이 절로 난다.

둘째의 가출로 인해 아주 진가장이 풍비박산이 난 것 같았다.

"이현이 그 녀석에겐 어찌 소식을 전할꼬……."

사방을 들쑤시고 다니면서도 꼭꼭 연락은 하는데……. 다음번 연락이 올 때까지 마냥 기다릴 수도 없는 노릇이고…….

진호철의 눈이 아직도 단리 상단주의 손에 구겨져 있는 편지를 향한다.

"날 데려가시게!"

"아니네, 나와 함께 가게나. 내 이번 북경행에 모든 지원을 아끼지 않겠네!"

진호철을 향한 사람들의 열렬한 눈빛은 거둬지지 않고, 갈수록 뜨거워져만 간다.

넌 이제 큰일 났다, 유청아.

"가자! 그냥 다들 가는 거야!"

홍개가 또 사고를 친다.

"좋습니다. 이번 기회에 다 같이 북경 여행이라도 하고 오지요!"

진유청이 별 탈 없이 안전하단 얘기에 기분이 좋아진 마봉구도 동조하여 외친다.

'어쩔게야?' 하고 묻는 사람들의 이글이글한 눈빛에 몸이 녹아내릴 거 같은 진호철은 아찔한 현기증을 느꼈다.

가출한 걸로도 모자라 뒤처리까지 골치 아프게 만드는 막내아들을 향해 절로 이가 득득 갈린다.

자신이라고 쌓여 있는 감정이 없는 건 아니었으니까.

"이 아비가 왜 하남성 호랑이라 불렸었는지, 내 이번 기회에 똑똑히 알려 주도록 하마!"

진호철이 다짐했다.

진유청으로선 과거와 현생 모두를 통틀어도 아마 처음 듣는 얘기일 테지만 말이다.

부르르르!

진유청이 자다 말고 몸을 떤다.

왜 한기가……?

배 아래까지 말려 내려가 양 가랑이 사이에 꿰고 있던 이불을 끌어당겨서 대충 잡아 편 뒤, 어깨까지 덮은 진유청이 다시 잠을 청한다.

"대장 또 자네."

아주 학을 뗐다는 듯 이경찬이 손사래를 쳤다.

"신경 꺼라."

나채환이 간단하게 답을 내린다.

또 그 짓은 하고 싶지 않았다. 어디가 아픈 것도 문제가 되는 것도 아니라면, 제 녀석이 자고 싶은 만큼 처자다 일어나겠지.

"공자님! 어서 나와 보십시오!"

밖에서 다급한 하인의 목소리가 들린다.

이경찬이 무슨 일인가 싶어 고개를 갸웃거리는데, 갑자기 어머니인 강소연이 문을 벌컥 열고 등장했다.

"경찬아, 어서 밖으로 나와 보거라!"

이경찬이 눈을 깜빡이며 그녀를 빤히 바라본다.

"어서! 밖에 귀한 분이 와 계시다!"

강소연의 두 볼은 붉게 상기돼 있고, 두 눈은 몽롱하다.

대체 누가 왔기에 어머니가 저러시지?

그녀는 애써 진유청이 있는 쪽은 쳐다보지도 않고 말했다.

"네 아버지가 사용하는 서재에 다과를 준비해 놓을 테니, 그쪽으로 모시거라."

"아버님 서재요?"

"여기나 네 방은 소란스럽고, 그런 귀한 분의 눈에 띄면 안 될 것들이 있으니, 그쪽이 낫겠구나."

강소연의 싸늘한 시선이 눈에 띄면 안 될 것들 중 하나인 나채환에게서 옆쪽으로 움직이다 말고 멈춘다.

"하여튼 어서! 서두르래도!"

그녀 자신이 경찬이를 잡아 두고 있다는 생각은 못 하고, 그녀는 아들만 닦달했다.

"나는 괜찮으니, 천천히 하십시오."

열린 문밖, 강소연의 등 뒤로 어딘지 낯익은 목소리가 들린다.

대체 누구야?

이경찬이 눈을 찡그리며 어머니의 뒤쪽으로 고개를 쭉 뺐다가…….

"잘 있었느냐."

……태, 태자 전하?

검고 윤기 나는 머리카락을 깔끔하게 뒤로 넘겨 비단 천으로 묶어 잘생긴 얼굴을 드러냈다. 열넷 이란 나이로 보기 어려울 만큼 훤칠한 키에 균형 잡힌 몸은 지닌 그는 황태자라기보단 어디 유명한 무가의 자제처럼 보였으며, 귀티가 좔좔 흘렀다.

"아니…… 귀하신 분께서 어찌 이런 곳에 발을 딛으십니까."

강소연이 당황하여 어쩔 줄 몰라 한다.

하녀에게 이가장에서 준비할 수 있는 최상급의 차와 다과를 남편의 서재로 내오라 준비까지 시켰는데.

"여기가 어때서 그러십니까. 나는 경찬이가 어찌 지내나 궁금하여 잠시 들른 것뿐이니, 너무 신경 쓰지 마십시오."

주태민이 정중히, 하나 차가운 어조로 강소연의 호들갑을 저지한다.

"그래도 어찌 그럴 수가 있겠습니까?"

자신의 몸으로 자고 있는 진유청을 가린 강소연이 다시 한 번 손님 접대를 핑계 대어 주태민을 제 뜻대로 움직이려 한다.

그러자 주태민이 티를 내며 얼굴을 굳힌다.

강소연은 이경찬의 손님이 왔다는 하인의 얘기에 이번에도 하남의 찌꺼기 같은 게 또 찾아왔나 싶어 내치려 했으나, 남편이 알면 크게 혼이 날 거 같아 억지로 들였는데…… 설마 태자 전하일 줄은 몰랐다.

자신이 실수하지 않았다는 사실에 만족하고, 경찬이가 태자와 깊은 친분이 있음을 확인할 수 있어 한껏 들떴던 강소연의 안색이 어둡다.

"어머니, 차와 다과를 좀 가져다주세요. 태자 전하께서는 당신 편한 대로 하는 걸 제일 좋아하시니 일부러 더 신경 쓰시지 않으셔도 됩니다."

보다 못한 이경찬이 나서서 중재를 하자, 강소연이 발을 동동 구르면서도 어쩔 수 없이 밖으로 나간다.

문이 닫히고 방이 조용해지자 이경찬이 한숨을 푹푹 내쉬었다.

대체 태자 전하가 무슨 바람이 불어 여기까지 오셨을까.

혹시 지루한 마음에 사고나 하나 일으키려 하시는 건 아닌지 염려가 돼 속이 안 편했다.

"방 안에 너와 나 둘만 있는 듯하군. 소개는 시켜 주지 않을 텐가."

주태민이 먼저 입을 열었다.

"네. 이쪽은……"

이경찬이 나채환을 돌아보며 말하다 말고 멈칫한다.

무림학관에서 가출했고, 돌아갈 집은 없는 나채환이라고 설명할 순 없는 노릇이 아닌가.

"나채환입니다."

우물쭈물 설명할 말을 찾는 이경찬을 대신해서 나채환이 직접 나섰다.

나채환도 귀가 있으니 눈앞의 훤칠한 소년이 이 나라의 황태자란 얘긴 들었다.

'진유청을 따라다니다 보니 정말 별의별 사람을 다 만나는구나'에 정점을 찍은 게 바로 이가장의 두 부자인 줄 알았는데, 이젠 하다 하다 못해 황태자를 다 구경한다 싶다.

다음엔 누굴 만나게 될지 궁금하지 않다면 솔직히 거짓말일 것이다.

"눈빛이 좋군."

나채환을 보는 주태민의 눈에 이채가 서린다.

그리고 주태민의 눈이 스르륵 옆으로 굴러가려 할 때, 이경찬이 화들짝 놀라 주태민의 앞에 얼굴을 들이밀었다.

너무 정신이 없어 자고 있던 대장을 깨울 기회가 없었기에 최대한 가리는 것이다.

"그런데 태자 전하, 여기까진 어인 일이십니까?"

아무 일도 없는데 왜 왔냐는 소리다.

"천하에 내가 가지 못할 곳이 어디 있느냐."

동문서답이 돌아온다.

평소 황태자 주태민의 성격으로 보건데 저건 틀린 대답이 아니었다.

주태민은 내가 내키는 대로 가지 못할 곳이 어디 있고, 또한 내가 내키는 대로 가는 데에 허락이 필요한가 하고 얘기하는 것이다.

"아, 네……."

이경찬이 어이없다는 투로 대답한다.

주태민은 이경찬의 태도가 마음에 들진 않았지만, 그나마 반문하지 않는 걸 보니 자기 말을 알아듣긴 한 것 같아 타박은 하지 않았다.

"이제 좀 나와 보지. 저기 자빠져 있는 녀석의 낯짝 좀 구경하게."

주태민이 이경찬의 등 뒤를 턱 끝으로 가리킨다.

"잠깐 나가 계시면 깨워서 정신 차리게 한 뒤에 인사 올리도록 하겠습니다."

이경찬이 비켜나지 않았다.

아무래도 감이 좋지 않았기 때문이다.

"흐음."

무표정한 주태민의 얼굴에 싸늘한 미소가 그려진다.

방 안 공기가 팽팽하게 긴장되는데도 불구하고 진유청은 잘만 자고 있다.

방관자처럼 물러나 있는 나채환이 너도 참 대단하다며 진유청을 힐끔거리는데…….

침도 흘리고 뭐라고 중얼중얼 잠꼬대도 하는 것이…….

"도양기, 죽을 주 아라……."

방 안에 울려 퍼지는 소리.

이로써 도양기는 무림과 관계에 이름을 떨칠 만한 일을 하나도 한 게 없음에도 불구하고, 황태자까지 이름을 알게 되는 명예를 누리게 된다.

도양기 본인이 그 사실을 좋아할지에 대해서는 일단 차치해 두고서.

"그게 누구지?"

황태자 주태민이 묻는 말에, 이경찬이 양 손바닥을 아래쪽으로 향한 채 펼쳐 보이며 어깨를 으쓱거린다.

자신도 몰랐으니까.

진유청이 잠꼬대와 함께 크게 몸을 뒤척이더니 부스스

머리를 흔들며 상체를 비스듬히 일으키자, 세 사람의 시선이 침상 위로 쏠렸다.

"깨어나려나?"

이경찬이 기대감을 갖고 중얼거린다.

하지만…….

살기도 아닌 게 위협도 아니고, 왜 얼굴이 따갑지?

"우우웅……."

윗입술을 쫑긋거리며 콧구멍을 벌름거리던 진유청이 감은 눈꺼풀 속으로 눈알을 데굴데굴 굴리다 말고 다시 픽 쓰러진다.

별 게 아니라 판단하고 계속 자기로 한 모양이다.

"이 자식!"

나채환이 인상을 쓴다.

잠결이니 황태자가 온 줄 모를 수도 있다 치자. 그래도 좁은 방 안에 세 명이나 멀뚱히 서서 제 녀석만 쏘아보고 있는데 어찌 전혀 느끼지 못할꼬.

아무리 둔한 놈도 이 정도면 알아차릴 만하련만.

주태민이 혹시 일부러 자는 척하는 게 아닌가 싶어 눈을 가늘게 뜨고 진유청에게 다가가 직접 그를 깨운다.

"일어나라."

처음엔 어깨를 잡고 약하게 흔들었다.

그래도 진유청이 미동도 않자, 눈썹을 꿈틀거린 주태민

의 손에 힘이 들어간다.

진유청은 꿈에서 한창 아버지께 혼이 나는 중이었다.

무릎 꿇은 채 싹싹 빌고, 그걸로도 모자라 엉덩이를 두들겨 맞게 생겼다.

아버지가 손을 뻗어 유청이의 어깨를 짚는다.

이제 곧 엉덩이에 불이 날 시간!

"아버지!"

진유청이 눈을 번쩍 뜬다.

'잘못했어요!' 라고 이어지는 말을 꿀꺽 삼킨 진유청이 주태민을 물끄러미 바라본다.

"……아버지? 내가 네 아버지로 보이느냐."

주태민의 말에 진유청이 반사적으로 대답했다.

"……저도 댁같이 젊고 팔팔한 아버지는 둔 적 없습니다."

"흐응……."

주태민이 눈을 가늘게 뜨고 진유청을 살핀다.

잠이 확 달아난 진유청도 자신 앞에 뚝 떨어져 있는 주태민을 위아래로 훑어봤다.

두 사람은 똑같이 놀라고 있었다.

주태민은 이경찬이 대장이라 부르며 그토록 따르는 아이가 너무 평범해서 그런 거였지만, 진유청은 그 반대였다.

……이건 또 뭐야?

태어날 때부터 선택받은 사람마냥 잘난 놈이 있다는 건

안다.

자신의 형인 진이현이 그렇고, 남궁세가의 대공자라는 남궁민이 그런 놈들 중 하나이다.

한데 지금 자신의 눈앞에 있는 이는 그런 말로는 표현이 안 된다.

재능이나 자질의 문제가 아니다.

다만 자신의 형이 하늘에서 진가장으로 뚝 떨어진 새끼 호랑이고, 남궁민이 이무기 사이에서 태어난 이무기라면…….

저 사람은 태어날 때부터 용으로 태어난 거다.

새끼 호랑이는 자라 산중의 왕이 되고, 이무기는 용이 되길 소원하며 수련하지만…….

용 새끼는 그냥 용이다.

태어날 때부터 용으로 태어나 용으로 키워지고 자란다.

물고기들을 키워 잉어로 만들고, 좋은 밥 줘서 용으로 만드는 계획을 가진 진유청이 생전 처음으로 진짜 용을 만났다!

第五章

황태자 주태민

방에 다과가 차려지고, 황태자 주태민과 세 아이들이 마주 앉았다.

　한 명은 황태자, 다른 한 명은 형부상서의 자제, 나머지 둘은 무림에 속한 가출 수련생들.

　넷 사이에 공통된 주제가 있을 리 만무하다.

　특히나 주태민은 비범함이라곤 보이지 않는 진유청에게 실망하여 괜히 궁 밖으로 나오는 번거로움을 감수했구나 싶어 심기가 불편했다.

　비록 황후가 많은 편의를 보아주어 귀찮은 일은 많지 않았지만, 이렇게 자신의 시간을 쓸데없는 데 썼다는 것 자체가 문제다.

이경찬이 저런 녀석을 대장이라 부르며 따른다는 것도 별로고.

제일 신분이 높은 주태민이 냉기를 뿜어 대고 있으니 더욱 대화가 이어지기 어렵다.

아…… 저 싹수 없는 용 새끼!

진유청이 속으로 욕을 툭 던지……?

근데 이거 욕 맞아?

용 새끼라…… 아무리 봐도 욕 같지가 않아서 왠지 슬프다.

자신의 형도 아직은 호랑이지만, 자신이 뿌린 씨앗이 잘 자라 후에 날개를 달게 되면 보통 호랑이와는 다른…….

용에게도 이기는 멋진 호랑이가 될 거다!

산중의 왕이 아니라, 무림이란 세상에서 가장 높은 위치에 있는 천하제일인 말이다!

괜히 쓰린 속을 달래며 진유청이 주태민을 향해 눈을 부라렸다.

"나한테 불만이라도 있나?"

주태민이 진유청의 시선에 무심한 얼굴로 묻는다.

"그럴 리가요."

진유청이 즉각 고개를 저었다.

용 새끼님씩이나 되시는 분께 불만씩이나 있을 리가 없지.

암, 내가 얼마나 찌질한데.

진유청이 속으로 생각하지만, 얼굴 표정은 마음을 따라가지 않는다.

아…… 태자 전하씩이나 되면, 잘 보이고 어떻게든 꼬드겨서 든든한 뒷배로 삼아야 하는데, 별로 안 그러고 싶다.

저 사람에게 잘 보였다간 잔뜩 제 필요한 데 휘둘림만 당하다 말 것 같은 그런 기분이랄까?

건드리면 손이 베일 것처럼 날카로운 기도도 싫고, 사람을 하찮은 것 보듯 바라보는 오만한 눈동자는 더 마주하고 싶지 않을 정도였다.

이건 광견이라 불리던 채환이와 상방 오호에서 만났을 때, 이 녀석과는 한 방에 있고 싶지 않다고 느꼈던 불길함과는 차원이 다르다.

나채환은 과거의 삶에서 그에게 호되게 당한 게 있기에 싫었던 것이고, 이 사람은 오늘 처음 보는데도 그냥 꺼림칙하다.

둘 사이에 분위기가 좋지 않자 이경찬만 피곤해진다.

나채환은 아예 제 일이 아닌 양 자리만 차지하고 앉아 팔짱을 낀 채 눈을 감고 있으니…….

"태자 전하. 별다른 할 말이 없으시면 제가 황궁까지 모시겠습니다."

이경찬이 주태민에게 권한다.

"그럴 필요 없다."

주태민이 딱히 자신을 환영해 주지도 않고, 마음에 드는 것도 없는 이가장에 더 머물 필요를 느끼지 못하고 자리에서 일어난다.

진유청과 주태민의 첫인상은 서로 최악에 가까웠다.

그럴 만큼 큰 사건이 있었던 것도 아니고, 서로에 대해 알 수 있을 정도로 시간을 함께 보낸 것도 아닌데도 불구하고, 서로 가진 기질이 너무 상반되다 보니 이런 일이 벌어졌다.

"조심해서 가십시오, 태자 전하."

진유청이 깍듯하게 인사를 하지만 주태민은 받아 주지 않았다.

"서희가 기다리고 있으니 내일부터는 입궁하는 걸 잊지 말도록."

이경찬에게 당부를 남긴 뒤 나채환을 일별한 주태민이 소맷자락이 펄럭일 정도로 휙 몸을 틀어 밖으로 나간다.

이경찬이 그를 배웅했다.

"도대체 왜 온 거야, 저 사람은?"

정신만 산란하게.

진유청이 탁자 위에 놓인 과자를 손으로 집어 들며 구시렁댔다.

다음날, 입궁해 황태자의 궁으로 간 이경찬은 낯선 얼굴들과 대면해야 했다.

아니, 정확하게 말하자면 얼굴이 아닌 뒤통수였다.

황태자 주태민의 왼쪽엔 대학사의 아들인 윤경이, 오른쪽엔 금의위 도독의 아들인 양효림이 떡하니 버티고 앉아 공부를 하고 있는 게 아닌가.

뒤통수를 보고도 얼굴을 단박에 알아본 건, 저들에게 관심이 깊어서가 아니다. 주태민이 종종 이경찬보다 낫다고 들먹인 이들이 바로 그 둘이니, 아마 그러리라 예상하는 것이다.

문 여는 소릴 분명 들었을 텐데도 아무도 아는 척을 하지 않자 이경찬이 먼저 입을 열었다.

"저 왔습니다."

"왔나."

그게 끝이다.

여전히 아무도 이경찬에게 신경 쓰지 않았다.

아…… 이럴 거면 왜 굳이 오라고 해서는……!

이경찬이 희미하게 미간을 찡그린다.

반대로 주태민의 입가는 싱긋 말려 올라갔다.

"태자 전하. 오후엔 함께 말을 타시는 게 어떻습니까? 제가 이번 생일에 선물로 받은 좋은 말을 태자 전하께 보여드리려 합니다."

양효림이 이경찬에게 들으라는 듯 과시하며 말한다.

황태자를 대장으로 삼아 무리를 지어 다니던 아이들은 물론이고, 황태자의 측근으로 내정돼 친분을 쌓아야 할 이들 사이에서 이경찬은 공공연한 적이었다.

황후마마의 총애를 등에 업고 방자하게 날뛰어 태자 전하의 시야를 가린 녀석이었으므로.

이경찬이 알면 자기가 언제 그랬냐며 기함을 토했겠지만, 원래 질시하는 이들은 보고 싶은 것만 보고, 그게 진실인양 떠들며 소문을 내는 법이 아닌가.

"말이라, 좋지. 사실 요즘 말 못 타는 녀석은 참 드물 텐데 말이야. 여기 하루 종일 책만 읽는다는 윤경도 말은 꽤 탄다고 들었지."

"네. 필요할 때 다른 이들에게 폐를 끼치지 않을 정도는 됩니다."

윤경이 나직한 목소리로 대답한다.

셋이 한 덩어리가 되어 이경찬을 따돌렸다.

아…… 왜 황궁에서 우리 대장의 냄새가 날까?

찌질찌질, 찌질찌질!

그리고 이경찬 자신이 장담컨데, 여기 냄새가 훨씬 더 구리다!

대장과 비교한 것에 대해 대장에게 미안할 정도로 말이다.

이경찬이 세 사람에게 신경 쓰지 않고 책장에서 책 한 권을 꺼내 서재 한 귀퉁이로 가서 맨바닥에 주저앉아 읽기 시작한다.

이대로 돌아가려 해 봤자 주태민이 허락할 리가 없기 때문이다.

자신은 황태자 주태민이 몇몇 가지를 빼고 나면 훌륭한 황제가 될 수 있을 거라 여겼는데, 지금 하는 짓을 보자니 유치하기 그지없고 싹수도 노랗다!

이경찬이 주변에 귀와 눈을 닫고 책에만 집중하자, 주태민이 그를 일별하고는 인상을 굳힌다.

재미없는 녀석.

주태민이 재미가 없어졌는지 읽던 책을 물리고는 의자에 몸을 깊숙이 묻는다.

"태자 전하, 책 읽기가 지루하시면 나가서 오후에 타기로 한 말을 지금 타시던지, 아니면 활쏘기 시합이라도 하시겠습니까?"

양효림이 말을 건다.

"괜찮으시다면 학사들을 불러 시 짓기를 하셔도 좋고요."

윤경도 제자리에 어울리는 말을 한다.

"됐다. 다 귀찮아졌다."

주태민이 고개를 젓는다.

"전하?"

양효림이 갑자기 기분이 저조해진 황태자를 걱정스레 부르자, 주태민이 그의 어깨를 두드린다.

"오늘은 이만하고 내일 보지. 윤경도 이만 가 보고."

"하지만……."

"흐음. 하지만, 뭐 말인가?"

물끄러미 바라보는 싸늘한 시선에 양효림은 움찔하여 아니라는 듯 물러난다.

윤경은 눈치가 빨라 별말없이 그런 양효림과 함께 서재를 나갔다.

이경찬은 이제 자기도 가도 되나 싶어 읽던 책을 덮어 책장에 다시 꽂고 문을 향해 가려는데, 주태민이 묻는다.

"넌 어딜 가느냐?"

"다들 가는데 저는 가면 안 되는 겁니까?"

"너는 안 되지. 네가 저들과 같다고 생각하나."

"뭐가 다릅니까?"

"저들은 앞으로 나를 주인으로 모실 이들이고, 너는 네 대장을 네 머리 위에 두고 있으니, 두 주인을 섬기는 가벼운 자가 아니더냐. 같은 취급받길 원하면 곤란하지. 게다가 사람 보는 눈도 없어, 쓸모도 없는 놈을 떠받드느라 날 뒤로 제쳐 두고 있지 않느냐."

……그거 때문에 이렇게 시비를 걸었던 건가?

이 사람 머릿속엔 대장이 주군과 같은 뜻이라고 새겨져 있나? 어릴 때 친구랑 놀아 본 적이 한 번도……

없을지도……

자기가 태자이고, 자기가 주인이고, 자기가 대장이었을 거다. 무조건.

이경찬이 천천히 걸어서 주태민 옆자리에 앉는다.

원래 자신의 자리였던.

"제 얘기 좀 들어 보시겠습니까?"

주태민이 아무 말도 없는 걸 보니 일단 들어는 주겠다는 뜻이리라.

이경찬이 자신의 가장 즐거운 얘기이자, 소중한 추억을 꺼내 놓는다.

주태민은 묵묵히 그의 이야기를 들었다.

"유청 대장의 박치기 한 방이면 소림 장문인의 제자였던 무진이도 바로 뒤로 나자빠졌다니까요?"

"말도 안 된다. 무진인가 하는 녀석이 져 준 거겠지."

주태민이 반발한다.

"그럼 그렇게 생각하시던지요. 일곱 살, 여덟 살 어린 나이에 져 주고 말고 할 개념이 있었을 거라 여기십니까? 그때는 무조건 먼저 코피 나면 지는 거고, 지고 나면 일단 전후 사정 하나도 상관없이 하루 종일 성이 나는 겁니다."

이경찬도 물러나지 않았다.

'열넷이나 먹어 놓고 그것도 모르시는 태자 전하가 바보입니다'라고 말하고 싶은 걸 꾹 참으면서.

"알았다. 그건 그렇게 치고. 그래서 어떻게 됐지? 개방의 장로와 무당의 장로에게 납치를 당한 것까지 했다."

"그래서 하남성이 발칵 뒤집혔었지요. 난리가 나고 소림에서 오신 목영 선사님과 무진이가……."

황제 폐하의 평생 숙원 중 하나가 바로 무림인들을 굴복시키는 것이었고, 언제나 그들을 경계하면서도 관계로 향하는 등용문을 넓히셨다.

그만큼 그들이 유용하다 판단하셨기 때문이리라.

그리고 그런 아버지 밑에서 자라고, 황제가 되기 위한 교육을 받은 주태민 또한 무림에 관심이 많았으니…….

무림에서도 쟁쟁한 문파들의 이름이 계속해서 나오고, 진유청에 대한 놀라운 이야기가 펼쳐지자 그는 정신을 집중할 수밖에 없었다.

황태자인 자신이 들어도 너무 대단하지 않은가.

진유청이 했던 말 중에 황궁과 관련된 것만 쏙 빼고 한 이경찬은 이번 한 번만 이 오만하고 건방진 황태자에게 한 수 물러 주기로 했다.

"어떻습니까? 그는 제 좋은 친구이자 훌륭한 동행 같지 않으십니까? 그는 우리 무리의 대장이자, 제 인생의 지침이지, 제가 충성을 받쳐 따를 주인은 아닙니다."

"누가 뭐랬느냐?"

주태민이 퉁명스럽게 되묻는다.

이경찬은 그러면 그렇지 하고 입맛을 다신다.

입 아프게 떠든 보람이 없었다.

"한데 내가 본 진유청이란 아이는 전혀라고 해도 좋을 만큼 대단해 보이지가 않던데, 어찌 된 까닭이냐."

최악의 첫인상은 깊게 남았다.

"원래 대장이 좀 그렇습니다. 신경질적이고 짜증도 많고……. 그래도 막상 일이 닥치면 완전 달라진다니까요?"

믿기 어려운 일이긴 하지만 이경찬이 거짓말을 할 리도 없으니 그러려니 해 보지만…….

"제가 태자 전하를 처음 뵈었을 때 했던 말, 기억하십니까?"

"나의 선택이 최선일지는 몰라도 최고는 될 수 없을 거라 했던 그 말 말이더냐."

설마 정말 기억할 줄은 몰랐는지라 경찬이의 눈에 놀람이 스친다.

"어찌 잊겠느냐. 내 눈을 똑바로 바라보며 감히 그딴 말을 지껄여 대는데."

그러면 그렇지 라고 생각하면서도…… 이경찬이 피식 웃는다.

하나 다음에 이어지는 황태자의 말에 이경찬이 기겁했다.

"너는 그 말이 네 대장의 행동을 가리켜 한 말이라 이거구나. 좋다. 네 말이 정말이라면, 내 사람 보는 눈이 잘못됐다는 거니…… 확인해 봐야겠다."

"태자 전하! 그 말씀은 거두어 주십시오!"

이경찬의 말에 주태민의 눈가가 차갑게 굳는다.

주태민은 자신의 말에 토를 다는 걸 아주 싫어했다.

이경찬은 주태민이 절대 뜻을 굽히지 않을 거란 걸 직감하고 얼굴이 하얗게 질렸다.

이런 분 인줄 알면서 괜히 얘기를 꺼내 호기심을 자극했다며 이경찬이 뒤늦게 후회한다.

대장인 진유청을 닮아 가는지 제 무덤을 스스로 파는 이경찬이었다.

"안 가!"

이가장이 울릴 정도로 커다란 괴성이 터져 나온다.

"대장, 한 번만 봐주라, 응?"

"아, 글쎄 안 간다니까!"

진유청이 완강히 거부했다.

그 번질번질한 용 새끼를 또 봐야 한다니, 그것도 자신의 발로 황궁까지 걸어가서.

그건 있을 수도 없고 있어서도 안 되는 일이다.

"안 가면 황명을 거부한 게 된다니까?"

일이 이렇게 됐으니 이경찬 자신에게만 문제가 생기는 게 아니다. 진유청은 물론 진가장에도 제재가 가해질 수 있었다.

"그러니까 왜 사고를 치냐고! 그깟 무시 좀 당하면 어때서!"

"나만 그랬으면 참았을 거야. 하지만 대장을…… 그래서 막 대장 자랑을 하다 보니……."

이경찬이 기어들어 가는 목소리로 중얼거린다.

진유청은 이경찬에게 다가가 머리를 뒤로 젖혔다가 그대로 이마에 꽂아 버렸다.

쿠웅!

오랜만에 당하니 더 아프다! 아니면 대장 머리가 전보다 단단해진 건가?

"내 말이 그 말이다. 널 무시하는 게 참을 만했으면 계속 참으면 될 일이지, 무슨 오지랖으로 날 무시하는 거까지 참견하냐?"

밥을 굶는 것도 아니고, 칼에 베여 아픈 것도 아니고. 되도 않는 걸로 무시하는 척하며 저희들 끼리 희희낙락하는 것까지 장단을 맞춰 주고 앉았으니…….

진유청의 말이 서운했으나 제가 한 짓이 있어 시무룩하게 처진 채 투정도 못 부리는 이경찬이었다.

그런 이경찬을 보니 진유청도 마음이 찐해진다.

무시당한 게 한두 번도 아니고, 자신의 귀에만 직접 들리지 않으면 어디서 무슨 쌍욕이 나오건 별로 상관하지 않을 수 있는데, 이 녀석은 안 그런 모양이다.

대장에 대한 무시는 자기 자신에 대한 일보다 더 화가 나고, 대장에 대한 자랑은 밤이 새도 끝이 없는…….

아직도 어리군.

진유청이 속으로 혀를 찼다.

이 순둥이들을 어쩌면 좋누.

"대장, 어떻게 안 될까, 응?"

이경찬이 다시 진유청의 소맷자락을 붙잡고 흔든다.

대장은 무섭지만, 태자 전하는 두렵다.

둘 중 한 명을 화나게 해야 한다면, 이경찬은 분명 진유청을 택하게 되리라.

"에휴우우우."

진유청이 결국은 고개를 끄덕인다.

어차피 이렇게 된 마당에 용 새끼님이 오라는데 안 갈 수는 없는 노릇이니.

진유청의 마지못한 허락에 이경찬의 안색이 환해졌다.

"고마워, 대장!"

……형수님 찾는 일로 네 아버지한테 부탁한 게 있으니, 나도 밥값은 해야 해서 그러는 거다, 이 녀석아!

나이 좀 먹었다고 어째 사고 치는 수준도 어릴 적하고 달라지냐! 황태자가 얽힌 사건 사고라니…….

예전엔 똥, 오줌이나 좀 치워 주면 됐었던 게 점점 더 사건 사고를 키워간다.

진유청이 속으로 중얼거리며 어깨를 축 늘어트렸다.

"오오, 여기가 황궁이야?"

어제저녁에 신경질을 그렇게 낸 것치곤 황궁에 온 게 아주 즐거운 듯, 진유청은 연방 주위를 둘러보며 감탄한다.

"응. 저기가 황제 폐하가 계신 대전이고, 이리로 쭉 가면 황태자 전하의 궁이 나와."

이경찬이 대충 자신이 아는 걸 설명해 준다.

"그렇군. 그런데 왜 채환이까지 오라는 거야? 혹시 우리 둘을 한꺼번에 스윽 치워 버리려고?"

손에 날을 세워 제 목을 스윽 긋는 시늉을 하는 유청이를 보고 이경찬이 대경실색한다.

"말도 안 돼! 그리고 나나 아버님이 그런 일을 그냥 좌시할 리가 있어?"

말은 그리하면서도 어딘지 찜찜한 게 무슨 사고라도 만들어 대장과 채환이를 한꺼번에 밀어 넣으려는 건 아닌가 걱정된다.

"아버님께 말씀드리고 온 거니, 우리가 안 오거나 늦으면 분명 찾으러 오실 거야."

이경찬이 마른 입술을 혀로 핥으며 말했다.

황궁은 여전히 아름답지만 더 이상 경치가 눈에 들어오지 않는다.

세 아이들은 별다른 말 없이 묵묵히 걸어 황태자의 궁에 도착했다.

"저기야?"

"응. 그런데 왜 서재에 계시지 않고 나와 계시지?"

이경찬이 고개를 갸웃거리며 다가가다 화들짝 놀란다.

양효림은 물론, 윤경에 그들을 따르는 아이들까지 황태자 궁 앞의 정원에 옹기종기 모여 있었기 때문이다.

"여어, 왔느냐."

그 중심엔 황태자 주태민이 서 있었다.

이경찬은 왠지 오늘 황태자의 초대가 그다지 좋은 마음으로 이루어진 것은 아닐 거란 불길한 예감에 등줄기가 오싹했다.

"또 뵙습니다, 태자 전하."

진유청이 정중하게 인사를 했다.

"그러게. 나도 또 볼 일이 있게 될 줄은 몰랐구나."

주태민 자신의 결정이 며칠 동안 여러 번 뒤집어졌다.

변덕을 좀 줄여야겠다고 주태민이 생각한다.

"그런데 이들은 왜 여기 있습니까?"

이경찬이 경계의 기색을 감추지 않고 묻는다.

"이들? 아아, 윤경이와 효림이 말이더냐. 네가 친구들을 데려오니, 이들에게도 자신들이 가장 신뢰하는 아이들을 데려와 보라 했지. 나와 너의 보는 눈이 다르고, 둘 중 하나가 틀렸다면…… 시험을 치러 결과를 보고 누가 맞는지 확인을 해야 하지 않겠느냐."

뒤통수를 얻어맞은 듯 이경찬이 입을 쩍 벌린다.

"저는 그런 말은 못 들었습니다!"

"내가 안 했나?"

주태민이 별로 개의치 않고 시큰둥한 어조로 되묻는다.

"네. 안 하셨습니다!"

"그래서 내가 잘못했다는 게냐."

주태민의 눈은 조금도 흔들리지 않고 고요했다.

진유청이 이경찬의 팔을 잡아끌며 귓가에 나직하게 속삭인다.

"저 말 정말이야. 널 괴롭히거나 날 골탕 먹이려는 게 아니라, 저 사람은 정말 그렇게 생각하는 거다."

"어떻게 하지?"

"어쩌긴. 시험을 치른다고 하잖아. 시험 보면 되지, 뭐. 결과가 나쁘다고 우리 목을 댕강 자르겠냐, 아니면 감옥에 가두겠냐? 시험 못 보면 아버지한테 엉덩이에 불나게 두드려 맞고 창피당하면 그뿐인 거지."

진유청이 심드렁히 대답한다.

"저들은 자신이 없나 봅니다, 태자 전하."

주태민의 오른편에 선 양효림이 조소를 담아 하는 말에
윤경이 조용히 고개를 끄덕인다.

"학식으로 보나 무공으로 보나…… 딱히 우리 친구들을
이기긴 어려워 보입니다."

둘의 자신만만함에 주태민이 한쪽 입가를 말아 올린다.

"그건 시험을 보면 알게 될 일. 시작해 볼까?"

저들만의 축제라도 열린 것처럼 한쪽은 화기애애하며 놀
이라도 즐기는 듯하고, 다른 한쪽인 진유청의 편은 울상을
짓거나 무표정하다.

며칠 전까지만 해도 자신이 황태자를 볼 줄은 몰랐는데,
오늘은 황궁에 들어와 있고, 이젠 한 나라에서도 손에 꼽히
는 인재란 놈들과 시험을 치러야 한다니…….

게다가 저놈들 낯짝 좀 보소.

하나같이 재수 없는데다, 입은 더럽고, 개기름은 좔좔 흐
른다.

"아…… 진짜 지랄도 풍년이네, 지랄도 풍년이야."

진유청이 혼잣말을 했다.

第六章

지랄이 풍년

진유청은 흙바닥에 아무렇게나 주저앉은 채 자신 앞에
놓인 흰 백지를 물끄러미 내려다봤다.

이럴 땐 시쳇말로 흰 건 종이요, 검은 건 글자로다……
라는 말이라도 중얼거리고 싶지만…….

"그냥 다 하얗군."

진유청이 입맛을 다신다.

문제라도 좀 적어 주지. 그랬으면 대충 아무거나 휘갈기
기라도 했을 텐데 말이다.

"다음 문제는……."

황태자 곁에 선 윤경이 미리 준비해 온 문제를 이어 나갔
다.

모두가 집중하여 들은 뒤 붓에 먹물을 듬뿍 찍은 다음, 벼루 가장자리에 끝을 뾰족이 다듬어 흰 종이에 답을 써내려 간다.

진유청은 할 일도 없고 하여 주위를 두리번거리다가 두 명과 눈이 마주쳤다.

한 명은 자신보다 더 학문과 담을 쌓고 사는 나채환이고, 다른 한 명은……

진유청이 씨익 웃으며 한 손을 흔든다.

양효림이 콧방귀를 뀌며 고개를 휙 돌렸다.

"같이 무식한 처지에 뭘 저리 수줍어해. 안 어울리게."

호탕하고 남자답게 생긴 얼굴이 아깝다.

"다 썼나?"

윤경이 아이들을 돌아보며 묻다가 기지개를 쭉 펴는 진유청과 눈이 마주친다.

윤경의 눈이 절로 진유청 앞에 놓인 백지로 향했다.

"쯧, 쯧."

들으라는 듯 일부러 더 크게 혀를 차는 것 같지만, 진유청은 아무렇지도 않았다.

자신이 저 똑똑해 뵈는 녀석이 내는 문제를 맞힐 정도로 능력이 됐으면, 아버지가 업고 다니며 서당에 억지로 처넣고 관계에 진출시키겠다고 포부를 다지지 않았겠는가?

관계와 무림의 사이가 좋은 편은 아니니, 어쩌면 무림맹

쪽으로 집어넣으려 애썼을 수도 있고.

자신은 그런 피곤한 일이 일어날 여지 자체가 없었다는 게 얼마나 기쁜데 말이야.

자신이 마음만 먹었으면, 나이 두 살 때 제 이름 석 자 써서 유명해졌다는 누구보다 더 천재 소리 들을 만큼 잘할 수도 있었건만, 일부러 안 한 거라고!

소심한 사람은 구질구질 변명이 많아진다지만, 그래도 사실은 사실이잖아?

진유청이 스스로에게 되뇐다.

옆에 있던 이경찬이 진유청을 힐끔거리며 입을 벙긋댄다.

"뭐?"

진유청이 왜 그러냐고 물어보지만, 대답은 안 하고 연방 앞을 힐끔거리며 윤경의 위치를 확인하더니만 다시 고개를 돌려 입을 벙긋, 벙긋.

"뭐라는 거야."

이마에 주름을 잡은 진유청이 눈을 부라리자, 답답한지 주먹으로 제 가슴을 쿵쿵 두드리며 오히려 저가 더 신경질을 내는 게 아닌가!

누구 덕에 과거 생에서는 물론이요 이번 생에서까지 팔자에 없을…… 이 짓을 하고 있는데, 저 녀석이!

진유청이 급기야 앞에 놓인 종이를 두 손으로 와락 구긴 다음 이경찬의 얼굴에 던졌다.

"허억!"

헛바람을 들이킨 이경찬이 고개를 옆으로 피해 종이 뭉치의 공격에서 벗어난다.

이경찬을 스쳐 날아간 종이 뭉치는 데굴데굴 굴러 윤경의 발치에서 멈췄다.

종이 뭉치를 손에 든 윤경이 나직한 어조로 묻는다.

"뭐하는 겁니까?"

"뭐하긴요. 아무것도 안 했습니다. 그거 제 시험지인데, 주시면 안 됩니까?"

진유청이 뻔뻔하게 대답한다.

윤경의 싸늘한 시선이 진유청을 거쳐 이경찬을 향하자, 이경찬이 움찔하여 딴청을 피운다.

답 좀 가르쳐 주려 했다가 이 무슨 봉변인가.

무식한 대장 같으니라고!

"부정행위를 시도한 것으로 간주하여, 이건 압수하겠습니다."

윤경의 말에 진유청의 눈이 커진다.

그리고 그가 이경찬을 향해 고개를 돌리며 환하게 웃어 준다.

바짝 치켜세운 엄지와 함께.

경찬이에게 이렇게 깊은 뜻이 있는지 몰라준 자신이 나빴다.

"불복하시겠습니까?"

이경찬의 친구란 거 하나로도 좋은 마음이 없었는데, 학문을 점검하는 시험에 대한 진유청의 자세가 너무 방종하여 불쾌하던 차다.

꼬투리 잡을 걸 기다리던 윤경이니 이 기회를 놓칠 리 없었다.

다른 시험도 아니고 태자 전하께서 직접 관여하신 시험이니, 시험지를 압수당하고 시험을 치르지 못하게 되면 큰일일 터.

진유청이 한 번만 봐 달라며 사정을 하고 애걸복걸을 하면, 어떻게든 망신을 주고 못 이기는 척 시험지를 다시 내어 주리라 윤경은 생각했다.

하지만……

"불복은 무슨. 감사합니다. 그럼 저는 더 시험 안 봐도 되는 거지요?"

진유청이 눈을 빛낸다.

한눈에 봐도 아주 좋아하는 거 같다.

자신의 예상과 너무 다른 상황에 윤경이 붉으락푸르락해진 얼굴로 굳어 버린다.

그런 윤경을 향해 흰 종이 뭉치 하나가 또 날아들었다.

투욱!

석상처럼 서 있는 윤경의 허벅지에 맞은 종이 뭉치가 바닥으로 나동그라진다.

이건 또 무슨 일인가 싶은 윤경이 종이 뭉치가 날아온 쪽으로 시선을 주니⋯⋯.

"나도⋯⋯."

나도 뭐?

나채환을 바라보던 윤경이 어깨를 부르르 떤다.

"이렇게 됐으니⋯⋯ 우리 시험 결과는 모두 경찬이 네게 달려 있구나. 열심히 해."

진유청이 이경찬에게 말한다.

시험은 진유청이 봐야 하는데, 덮어쓰는 건 이경찬이라니⋯⋯. 하늘이 공평한 건지 불공평한 건지 모르겠다.

태자 전하는 여럿이 같이 시험을 보게 해 공정성을 갖고, 대장의 실력이 어디쯤 해당되는지를 확인하려 하신 거겠지만⋯⋯.

이대로는 저분 뜻대로 일이 진행되기 어렵겠는걸.

그건 또 그거대로 곤란하다.

이경찬이 제 눈 밑에 드리운 그늘만큼이나 새카만 먹물에 붓을 담그며 한숨을 내쉬었다.

"하아⋯⋯."

이래도 괴롭고 저래도 괴로운 일투성이였다.

다른 이들의 시험 결과가 나왔지만 진유청은 점수를 받

지 못했다.

"대장, 어쩌려고 그래?"

이경찬이 걱정스러운 얼굴을 하지만 진유청은 그다지 개의치 않고 이경찬의 시험지를 뺏어 들고 활짝 펼친다.

"헛? 세 개나 틀렸어? 너…… 의외로 무식하구나."

진유청의 말에 이경찬의 숨이 거칠어진다.

다른 사람도 아니고 대장에게 무식하단 말은 듣고 싶지 않거든?

그리고 세 개 '밖에' 틀리지 않은 사람도, 문제를 낸 윤경이를 제외하면 이경찬 자신뿐인데……!

"난 누가 봐도 학문으로 대성할 사람은 아니지만, 넌 그래 보이잖아. 엄청 똑똑한 줄 알았는데, 저런 녀석한테도 지고…… 난 우리 중에 네가 제일 똑똑한 줄 알았는데."

실망이야, 실망.

양어깨를 으쓱거리는 모양새가 어찌나 얄미운지 이경찬은 시험이고 뭐가 다 엎어 버리고 대장과 한 판 벌이고 싶을 정도였다.

"진짜 어쩌려고, 대장?"

"뭘 어쩌긴 어째. 그냥 나 좀 못난 놈이오, 댁이 잘못 본 거 아니니 그냥 무시하시면 됩니다 하고 나가면 되지."

"뭐가 그렇게 쉬워? 그럼 이따가 무공 시합은 어쩌려고?"

"그건 채환이 있잖아. 쟤 잘 싸워."

"이건 대장 때문에 만든 자리 같은데, 대장은 요리조리 피해 있으려고?"

"시키면 열심히 하고. 아니면 안 하고."

상대가 다른 동물도 아니고 용 새끼인데, 진유청이라 해도 함부로 까불거나 반항할 마음은 없다.

지 마음대로 하다 제 풀에 지치고, 상대할 가치도 없다 여기면 놓아주겠지 하고 생각할 뿐.

세상에 성질 없는 사람 어디 있고, 무시당하는 거 좋아할 사람이 어디 있겠나. 좀 더 참거나 좀 덜 참거나 그 차이겠지.

참을 수 있다고 해서 괜찮은 게 아니다. 앙금은 남아 마음에 계속해서 쌓이겠지.

지금은 앙금을 풀 때가 아니라 묵묵히 쌓아 두는 게 나을 때다.

"다음은 무얼 할까?"

황태자의 목소리가 들린다.

진유청의 다사다난한 하루는 아직 끝나지 않았다.

"……에 대해선 어떻게 생각합니까?"

윤경이 제어를 잃은 얼굴근육을 푸들거리며 묻는다.

"생각해 본 적 없는데요?"

진유청이 공손히 대답했다.

"다시 한 번 생각해 보십시오."

"모르겠는데요?"

모른다는데 어쩌겠나.

윤경이 가만히 하늘을 올려다보더니 숨을 고르고는 다음 질문으로 넘어간다.

"태자 전하, 이쯤에서 그만하시는 게……."

가만히 지켜보고 있던 이경찬이 주태민을 말린다.

별로 친하지도 않고, 그다지 마음에 들지도 않는 윤경이 안쓰러운 건 처음이다.

"계속 저렇게 설렁설렁 날 기만하듯 행동하면 가만두지 않겠다, 라고 말하면 어떨까?"

"……그러면 더욱 정중하고 미안한 얼굴로 모른다고 하겠지요. 유청이는 정말 몰라서 저러는 겁니다."

이경찬이 자신도 갑갑한 듯 대답한다.

"유청이가 대단한 건 학문이나 무공 같은 평범한 것들이 뛰어나서가 아니라고 말씀드리지 않았습니까?"

학문과 무공이 평범한 거라니……. 그런 대체 그 둘을 제외하고 어떤 게 뛰어나야 대단하다고 할 수 있단 말인가?

그 오만한 말이 주태민의 심기를 건드린다.

"그럼 마음을 겨룰까? 마음을 재 보려면 상황이 더 파격적으로 변해 누구 하나 피를 보지 않고서는 불가능한데. 그게 낫겠느냐?"

눈에 보이지 않는 걸 보이게 만들려면, 보이진 않지만 볼 수 있다라고 하는 다른 사람들의 믿음이 필요하다.

그렇다고 그 믿음이란 걸 얻기가 쉬우냐 하면 절대 아니다.

정말 처절하고 급박한 상황 속에 다른 사람들은 할 수 없는 선택을 해낸 자를 본 경우가 아니라면 말이다.

즉 주태민이 한 얘기는 진유청을 고난에 빠트린 뒤 어떤 행동을 하느냐에 따라 마음의 크기를 재는 게 낫느냐고 이경찬에게 묻는 거였다.

진유청 자신도 상황이 이상하면 배짱을 부려 거짓 마음을 보여 주며 우길 수도 있으니, 아예 그런 생각이 들지 않을 만큼 더욱 끔찍한 상황에 빠트릴지도 모른다는 위협이다.

"아닙니다. 태자 전하의 뜻대로 하지요."

이경찬이 질린 얼굴로 고개를 흔들었다.

사람이 저마다 중요하다 생각하는 부분이 다르니, 그에 따라 같은 인물에 대해서라도 다른 판단을 내릴 수도 있는 것이다. 그럼에도 자기 눈이 틀렸는지 이경찬의 눈이 틀렸는지 확인하려 드는 황태자를 이해하기가 어려웠다.

하나 그런 이경찬에 비해 정작 당사자에 속하는 진유청은 크게 동요가 없다.

진유청은 보통 사람의 머리로는 이해하기 어려운 생각을 하는 이들이 세상에 종종 있다는 걸 이미 알고 있었기 때문이다.

어찌 저럴 수가 있지? 라고 해 봤자…… 그네들에겐 그게 일상이다.

어쩌면 이경찬도 어린 시절 진가장에서 평범한 어린아이처럼 뛰놀지 않았다면, 그렇게 됐을 수도 있다.

무림학관에서도 종종 그런 이들을 보지 않았나.

남궁민이나 남궁혁, 혹은 겉으론 멀쩡해 보이던 소기나 사도진 말이다.

그들에 비하면 그나마 저 용 새끼에겐 음험함 같은 건 보이지 않으니, 오히려 낫지 싶다.

"더는 질문하고 싶지 않습니다, 태자 전하."

윤경이 딱딱하게 굳은 얼굴로 주태민을 돌아본다.

질문할 게 없는 게 아니라, 하기가 싫은 거다.

진유청은 희희낙락 일행들에게 돌아왔다.

"저렇게 무식한 놈이 다 있다니."

"형부상서댁 자제는 어찌 저런 녀석과 어울려 제 이름과 가문에 먹칠을 한단 말인가."

여기저기서 튀어나오는 소리에도 진유청은 전혀 부끄럽지 않았다.

자신은 저들이 모르는 걸 알고 있고, 자신이 아는 것들은 자신이 세상을 살아가는 데 있어 꼭 필요한 것들이니까.

사람마다 길이 다른데, 어찌 하나만 들이대며 둘을 세려 하는가.

"대, 대장. 마지막에 물은 건 그냥 상식이야. 완전 쉬운 문제. 윤경이가 하도 기가 막혀서 정말 대장이 아무것도 모르나 하고 여덟 살 어린애들도 다 아는 문제를 낸 거란 말이야."

그런데 그걸 틀리냐!

주태민 곁에 있던 이경찬이 진유청에게 다가가 핀잔을 준다.

"괜찮아. 난 여덟 살이 아니잖아."

진유청이 아무렇지도 않은 얼굴로 대답한다.

그러니까 더 큰일이라고!

이경찬은 속에서 불이 치달아 아무래도 자신이 팍팍 늙는 거 같았다.

문답은 진유청 다음으로 아무런 대답도 없이 고개만 젓는 나채환을 거쳐, 양효림과 그의 친구들에게로 이어졌다.

양효림이 데려온 두 아이 중 한 아이가 그나마 문무를 겸한 인재인지 몇 가지를 대답했고, 윤경과 함께 온 이들은 대부분 답이 맞는다.

"이제 무공만 남았군."

주태민은 마지막까지 가려 했다.

이경찬이나 다른 아이들의 생각과 다르게, 주태민은 지금 하는 시험에서 나오는 결과를 주시하고 있는 게 아니었다.

그는 진유청이 이 일련의 과정을 어떻게 헤쳐 나가는지

에 대해 관찰하기 위해 자리를 마련한 것이다.

왜냐하면…….

근래의 일로 자신이 생각보다 이경찬을 중히 여기고 있다는 걸 알게 됐으니까.

주태민은 앞으로 자신의 심복이 될 이경찬의 보는 눈이 얼마나 정확한지 알고 싶었다.

이경찬의 눈은 주태민이 황제가 돼 자유로이 세상을 보기 어려워졌을 때, 자신을 대신해 세상을 주시해야 하기 때문이다.

게다가 진유청 저 녀석이 자신이 들은 만큼 대단하다면, 훗날 요긴하게 써먹을 때가 있으리라.

형부상서 이청강과 이경찬을 제외하면 황궁과 따로 접점이 없는데다, 그 두 부자가 자신의 곁에 있는 한 배신의 위험도 적어질 테고, 연락을 주고받는 것도 편하지 않겠나.

무림에 속한 이를 자신의 한 수로 두는 건 나쁘지 않은 계획이다.

"태자 전하. 이제 저희들이 나서겠습니다."

양효림이 한 발짝 앞으로 나오며 말하자, 주태민이 고개를 끄덕인다.

모르는 거야 모른다 하고 넘어갔지만, 이번엔 어떻게 하려나.

때리려는데 아프다고 때리지 말라고 할 정도로 바보라

면…… 너 두고 볼 것도 없다.

혹시 나채환이란 녀석에게 모두 맡겨 혼자 짐을 지게 한다면, 그 또한 더 볼일 없을 게고.

주태민의 관심은 온통 진유청에게 쏠려 있었다.

그걸 알 리 없는 양효림은 황태자 앞에서 좋은 모습을 보이겠다는 전의를 다진다.

이경찬과 그 친구들의 수준에 대해 알고 싶으니 힘을 써 보란 분부에, 무공을 겨루면 될 줄 알고 왔는데, 어쩌다 보니 다 같이 학문에 관해 시험을 봄으로써 얕은 바닥을 드러내게 되어 자존심이 상한 참이다.

문과 무로 나뉜다 하나, 윤경과는 또래의 호적수로 둘이 함께 황태자를 떠받칠 기둥이 될 거라 평을 받았는데, 그가 쩔쩔매며 손을 드는 모습을 보니 호승심까지 동한다.

"동규, 네가 먼저 나서라."

"알겠습니다."

같은 나이인데도 불구하고 양효림에게 꼬박꼬박 존댓말을 하는 동규가 정원의 가운데로 걸어가자, 주변에 있던 이들이 분분히 물러나 자리를 만들어 준다.

"너, 나와라."

동규가 진유청을 빤히 바라본다.

진유청이 동규와 그 뒤쪽에 선 양효림을 비롯한 다른 아이를 번갈아 가며 바라봤다.

이번엔 무공 시합이로군.

어린놈들이 눈알을 번들거리는 게 아무래도 가벼운 대련으로 끝나진 않을 듯싶다.

얼쑤! 좋구나, 좋아!

지랄이 풍년이라 했더니…… 풍년도 그냥 풍년이 아니라 대풍년인 모양이다.

아마 저 용 새끼가 비도 내리고 거름도 팍팍 줬나 보다.

아직 새낀데도 저 정도인데, 나중에 자라면 과연 어찌 될지…….

"소름 돋았네."

진유청이 팔뚝을 들어 보이며 중얼거린다.

"어서 나와라."

동규의 말에 진유청이 옆에 섰던 나채환의 등을 떠민다.

"나가 봐. 너 나오라잖아."

나채환이 눈살을 찌푸리지만 별말없이 나섰다.

"이 나쁜 대장!"

아무리 귀찮은 게 싫고, 싸우는 게 싫어도 그렇지, 채환이만 고생시키려 드는 건 너무 하잖아?

"경찬아. 넌 왜 하나만 보고 둘은 안 보니."

아까 걔네들처럼.

진유청이 혀를 차며 설명해 준다.

"쟤네도 대장이 남았잖아. 쟤, 저기 덩치 큰 잘생긴 원숭이 말이야. 쟤가 대장 맞지?"

워, 원숭이! 천하의 금의위 도독의 아들을 보고 원숭이래!

……쿠쿡! 그 얘길 듣고 봐서 그런가. 정말 아주 잘생긴 원숭이 같기도 하고?

"응. 쟤네 대장 맞아."

"내가 싸움은 좀 하는데, 그렇다고 쟤네 셋 다 상대할 정돈 안 될 거 같거든? 그러면 어떻게 해야겠냐. 잘못 때리면 뒤탈도 있을 거 같은 대장 녀석을 채환이한테 맡기고, 나 혼자 피라미 둘을 상대하고 이겼다고 으스댈까? 그건 아니잖아."

이경찬이 눈을 반짝반짝 빛낸다. 그런 깊은 속내가 있었다니!

"역시 대장이 최고야!"

"이제 알았냐?"

예전엔 하도 들어 지겨웠던 소리인데, 이렇게 가끔 한 번씩은 들어도 괜찮을 거 같다.

"어, 시작한다."

주변이 웅성거리며 누군가의 외침이 들려오자, 진유청과 이경찬도 결투에 집중했다.

나채환이 상대를 물끄러미 바라본다.

차가운 시선에 움찔하지만, 아무렇지 않은 척하는 동규

는 이미 조금 쪼그라들었다.

"호오."

지켜보던 황태자에게서 나직하게 감탄이 흘러나오자, 양효림이 인상을 쓰며 외쳤다.

"뭐하나, 별것도 아닌 걸 갖고. 빨리 처리해라!"

동규가 다급히 검을 뽑아 들었다.

나채환은 여전히 맨손이다.

"채환이 검은 없어?"

"응. 아까 황궁에 들어올 때 뺏겼잖아."

진유청의 말에 이경찬이 발을 동동 구른다.

"멈추라고 해. 가서 검을 가져와야겠다."

"이미 늦었어."

진유청이 검지로 벌써 원의 중심에서 맞붙기 시작한 두 아이들을 가리킨다.

"저건 너무 불공평하잖아!"

새된 소리가 튀어나오지만 이경찬의 말에 관심을 주는 이가 없다.

"원래 세상이 좀 더럽잖아. 니가 이해하라구."

그건 내가 이해할 문제가 아니라 시퍼런 검 앞에 무방비하게 노출돼 있는 채환이가 이해…… 가 아니군! 그딴 걸 왜 이해해야 해!

이경찬의 눈에 불똥이 튀자 진유청이 그의 어깨를 두들

긴다.

"채환이가 이겨. 걱정하지 마."

대장의 말엔 이상한 힘이 있어서 방금 전까지만 해도 길길이 날뛰고 싶던 기분이 차분히 가라앉는다.

이긴다. 누가?

퍼억!

나채환이 자신을 향해 쇄도해 들어오는 동규의 가슴팍을 발로 찬다.

동규가 벌떡 일어나 검을 휘두르지만 나채환은 가볍게 피했다.

쉬익, 쉭!

검이 바람을 가르는 소리가 가파르게 울리지만, 나채환은 단 일 검도 허용하지 않았다.

열네 살과 열두 살. 진검을 겨루기엔 어린 나이지만 검을 휘두르는 쪽도 막아 내는 쪽도 검에 주눅 들지 않는다.

그래, 우리 채환이가 이길 거다!

"채환아, 대장이 네가 이길 거랬어, 힘내!"

이경찬이 버럭 소리친다.

주변의 시선이 이경찬을 향한다.

……바보냐. 적진이나 마찬가지인 곳에서 그런 말을 당당하게 외치고.

진유청이 이경찬에게서 한 걸음 떨어졌다. 마치 자신은

그런 말 한 적 없는 것마냥.

이경찬은 끝까지 빳빳이 얼굴을 들었다. 자기가 잘못한 게 없으니 부끄러워할 필요가 없다고 생각하는 고집이 엿보인다.

그렇다고 귀까지 빨개진 건 어쩔 수 없었지만.

나채환이 이경찬의 응원에 힘을 낸 건지 어쩐 건진 본인만 알 일이지만, 어쨌건 그 뒤로는 일방적인 결투가 됐다.

퍽, 퍽!

나채환은 가차 없었다.

챙그랑!

들고 있던 검마저 바닥에 떨어트린 동규가 몸을 반으로 접고 한 손을 든다.

"그, 그만!"

하나 안타깝게도 동규의 목소리는 너무 작았다. 설혹 들렸다 해서 나채환이 그의 청을 들어주었을지는 확실치 않지만.

마주 보고 있는 자세에서 상체를 앞으로 숙이고 있는 동규의 양어깨를 두 손으로 잡은 나채환이 무릎을 위로 찍어 올렸다.

"아아악!"

턱이 열린 상태에서 단단한 무릎에 정통으로 맞자 동규의 몸이 크게 반원을 그리며 부웅 떠올랐다가 바닥으로 떨어졌다.

이만큼 험한 싸움을 본 적이 없는 이들의 안색이 창백하게 질린다.

"마음에 드는군."

황태자의 말이 바로 곁에 서 있던 양효림에게 들리지 않았을 리가 없다.

부글부글 끓어오르는 속을 달래며 양효림이 대기하고 있던 다른 소년에게 눈짓을 보냈다.

그리고 이어지는 결투.

나채환은 땀이 흥건한 얼굴에 아무 표정도 담지 않고서 상대를 맞이했다.

"채환이가 강하구나."

두 번째 덤빈 소년과도 우세하게 결투를 이어 가는 나채환을 보며 이경찬이 감탄한다.

"그러니 저 녀석 말고 나나 좀 걱정하라고. 채환이가 잘 싸울 수록 저기 원숭이 두목의 얼굴이 험상궂어진단 말이지."

이경찬이 시선을 돌리니 과연 그렇다.

양효림이 입술을 질끈 깨물고 두 주먹을 말아 쥔 채 부르르 떨고 있는 모양새가 아무래도 위험해 보인다.

"이길 수 있겠어, 대장?"

"못 이겨도 할 수 없지."

꽁무니 빼고 도망칠 게 아니라면 못 이겨도 덤벼야 하니.

"채환이가 이겼다."

진유청의 말에 이경찬이 급히 얼굴을 돌리지만, 아직 결투는 이어지고 있었다.

뭐야, 라고 이경찬이 반문하려는 순간.

나채환이 상대 소년의 오른팔을 잡아채어 강하게 뒤로 꺾으며 자기 몸을 띄워 올림과 동시에 무릎으로 등을 찍어 내렸다.

쿠웅!

등에 충격을 받은 소년이 무릎을 꿇고 고개를 숙인다.

"이제 내가 나가야겠군."

어찌 알았냐 묻기도 전에 진유청이 휘적휘적 앞으로 걸어 나갔다.

시간을 지체했다간 저 원숭이가 힘이 다 빠진 나채환에게 덤빌지도 모르기 때문이다.

아직까지도 소년의 팔을 놓아주지 않는 나채환에게 다가간 진유청이 입을 연다.

"고생했다. 경찬이랑 같이 있어. 다음은 내가 처리할게."

나채환이 소년의 팔을 놓자 그가 그대로 앞으로 고꾸라졌다. 아무래도 기절했나 보다.

양효림의 다른 친구들이 나와서 소년의 양팔을 한쪽씩 잡고 다리를 바닥에 질질 끌며 데리고 나갔다.

나채환이 양효림을 일별한다. 기세가 한층 더 험악해진다.

"괜찮겠냐?"

나채환의 물음에 진유청이 자기도 모르겠다는 듯 어깨를 으쓱거린다.

양효림이 천천히 다가오자, 나채환이 진유청의 앞을 가로막으며 비켜 주지 않는다.

"네가 상대할 텐가? 그러면 나야 좋고."

친구들의 복수도 할 겸.

양효림의 말에 진유청이 나채환의 소매를 잡아당기며 턱으로 경찬이를 가리켰다.

잠시 고민하던 나채환이 결국 물러나 사람들이 빙 둘러싸고 있는 원 밖으로 나간다.

이제 보이지 않게 테두리가 그어져 있는 원 안엔 진유청과 양효림 두 사람만이 마주하고 있다.

"더는 빠져나갈 구멍도 없군."

지금껏 이리저리 비겁하게 시험을 피한 진유청을 비웃는 말이다.

"도망칠 곳도 안 만들어 주고, 겁을 주다 콱 물리면 꽤나 아플 텐데…… 어쩌나?"

진유청이 피식 웃었다.

말은 이리하지만 양효림에게서 풍겨 나오는 기세가 심상치 않았는지라 속으론 한숨이 나왔다.

오늘 참 뜬금없는 일에 휘말려 몸이 많이 축나겠구나 싶다.

"한 판 뜰까?"

그래도 기가 죽을 순 없지.

진유청이 흰 이를 드러냈다.

"너도 검이 없군. 공평하게 나도 검은 쓰지 않도록 하지."

양효림은 가슴을 펴며 말했다.

눈으론 경멸을 말하면서 입으론 얌전한 말만 뱉어 냈다.

받는 입장에서도 똑같이 되돌릴 수밖에 없었던 윤경에 비하면 양효림은 좀 편했다.

"뭐, 나중에 검이 없어서 졌다는 말만 하지 않는다면 상관없다."

진유청의 이죽거림에 양효림의 눈초리가 하늘을 향해 추켜 올라간다.

"간다!"

친절하기도 하시지. 미리 예고까지 해 주시고.

이왕 그럴 거면 꽉 쥔 주먹에 힘이나 좀 빼 주는 게 더 좋을 텐데.

타다다닥!

지면을 박차고 성난 소처럼 달려오는 양효림을 맞이하는 진유청의 눈이 번뜩였다.

양효림은 또래보다 건장한 체격과 잘 다져진 기본기를 바탕으로 힘을 위주로 한 공격을 했다.

휘익!

찔러 오는 손은 매섭고, 휘두르는 손은 무섭다.

진유청이 한발 물러서자 양효림이 한 발 쫓아오며 손에 날을 세워 팔을 쭉 뻗고는 가로로 그었다.

진유청이 재빠르게 다리를 접어 키를 낮추자, 머리 위를 '부웅' 하고 스치는 양효림의 공격에 머리카락이 쭈뼛 선다.

그리고 뒤이어지는 공격, 공격.

과감한 공격에 거침없이 휘두르는 손은, 어떤 대는 쇠를 두드려 만든 망치 같고, 또 어떤 때는 날카롭게 벼린 칼날 같았다.

"어떠냐?"

양효림이 잠시 공격을 멈추며 득의만만한 얼굴에 조소를 띤다.

진유청이 쩔쩔매며 반격 한 번 제대로 못 하는 게 우스웠 던 거다.

양효림의 시선을 직시하며 진유청이 발만 슬쩍 들어 녀 석의 정강이를 콱 찍어 버렸다.

"크흑!"

시선이 마주한 가운데 먼저 눈을 돌리면 지는 것 같아서 일부러 더 자신만만하게 버티고 서 있던 양효림의 입에서 신음이 흘러나온다.

눈싸움을 하는 동안 비겁하게 발을 움직이다니!

양효림이 한층 더 살기를 띠고 손과 발을 놀렸다.

"제기랄!"

양효림의 잘 짜인 체격이 둔하다기보단 민첩하게 움직이니, 절로 욕이 나온다.

진유청은 또래인 열두 살에서 크게 더하지도 덜하지도 않은 체격이었으니, 아무래도 불리했던 것이다.

저 녀석, 남궁혁보다 센데?

훗날 황궁 제일 고수가 될 거란 찬사를 받는다는 경찬이의 얘기가 사실인 듯했다.

하나 진유청은 쉽게 이기진 못하지만 여간해선 지지도 않는다.

호흡을 조절하여 도망 다니며 상대방의 기운을 빼는 거랑, 이때다 싶을 땐 눈 뒤집혀 달려들어 절대 물러나지 않는다. 그때를 기가 막히게 잘 맞췄다.

그러니 가출 생활 동안 숱하게 만났던 나쁜 놈들에게서 살아남을 수 있었던 거고.

"나 좀 무섭고 질긴 놈이야!"

진유청이 눈을 가늘게 뜨고 크게 숨을 들이마셨다. 좀 더 많은 기운을 흡수하기 위해서.

파앙, 팡!

바람을 잔뜩 집어넣은 가죽 부대 터지는 소리와 함께 바람이 진유청을 향해 쏘아진다.

진유청이 다급히 옆으로 뛰며 몸을 잔뜩 웅크렸고, 바닥에 닿자마자 데굴데굴 굴러 충격을 완화했다.

"비겁한 놈! 이따가 태자 전하 앞에서 지금의 추한 행동을 어떻게 사과할 건지나 생각해 봐라!"

지쳤는지 호흡이 거칠어진 양효림이 씩씩대며 외친다.

그러니까 대체 왜? 왜, 이게 비겁한데?

니가 진짜 추접한 걸 못 봤구나?

무인들이 땅을 굴러 공격을 피하는 수법을 천시하긴 하지만, 진유청 자신은 참 이해할 수 없는 일이라 생각했다.

비겁한 건 바로 양효림, 너잖아!

그 체격에 그 키에, 그 얼굴 크기에…… 잘생기기까지 하고!

그러고 보니 집안도 좋다고 했지?

그런데 그렇게 많이 갖고도 원숭이 이상은 안 되는 녀석!

너야말로 세상에 사과해라, 이 자식아!

널 위해 소모된 공기에게 사과해!

진유청이 속으로만 외친다.

겉으로 외쳤다간 저 원숭이 같은 놈이 발작을 일으켜서 자신의 몸을 으깨 버리려 들 것 같았으니까.

하나 이심전심, 마음은 통하는 모양.

"저게 감히!"

진유청의 새카만 눈동자가 자신을 훑는 모양새가 마음에 들지 않았는지 양효림이 버럭 소리치며 달려든다.

……내가 혹시 입 밖으로 소리라도 냈나?

절대 아닌데?

진유청도 화들짝 놀라 반격했다.

퍽, 퍽!

양효림의 주먹이 진유청의 몸에 부딪치며 차진 소리가 났다.

진유청도 이를 악물고 그의 공격을 피하다가, 비어 있는 복부를 보고는 상체를 확 굽히며 머리로 들이박는다.

쿠웅!

진유청이 양효림의 배를 받은 머리를 빼지 않고 두 다리에 단단히 힘을 주어 바닥을 밀어내며 그를 뒷걸음질 치게 한다.

양효림이 제 양손을 깍지 껴 맞잡은 채 일자로 들어 올리더니, 그대로 팔꿈치로 진유청의 등을 내리찍었다.

진유청은 등판이 쑤시는 걸 꾹 참고는 계속 그를 밀어젖혀 몸을 뒤로 쏠리게 한 뒤, 바닥에 발랑 넘어지게 한다.

맨바닥에 대자로 눕게 된 양효림이 당황하는 사이, 그의 배에 올라탄 진유청이 주먹으로 양효림의 얼굴을 내리쳤다.

퍽, 퍽!

진유청의 손이 움직이는 방향으로 양효림의 고개가 크게

치우치며 흔들린다.

"공기한테 사과해라, 이 자식아!"

진유청의 외침에 양효림이 이를 득득 간다.

지독한 놈!

양효림은, 선수를 잡아 주먹을 휘두르면서도 정신을 현혹시키려고 말도 안 되는 소리를 지껄이는 미친놈에게 자신이 걸렸다는 사실이 암울했다.

양효림이 몸을 옆으로 비틀어 빠져나오려 애쓰다가 한 바퀴를 빙글 회전하여 진유청의 위에 올라서게 된다.

"이제 전세가 역전됐군."

흙과 땀에 피까지 섞여 엉망인 얼굴로 양효림이 히죽 웃었다.

진유청의 눈에서 불똥이 튀긴다.

그래, 이 자식아. 죽어 봐라!

진유청이 자신을 깔고 앉아 있는 양효림의 머리를 향해 일직선으로 뻗은 다리를 올려친다.

"허엇!"

위험을 느낀 양효림이 옆으로 몸을 쓰러트리자, 양 무릎 사이에 끼어 움직임이지 못했던 진유청이 자유로워진다.

벌떡 일어나 서로 마주 보고 있는 진유청과 양효림은 더 이상 결투를 지속시키기 어렵단 판단 아래 각자 갖고 있는 가장 자신 있는 수법을 준비했다.

쿠오오오.

둘 사이에 적막이 흐른다.

"……큰일 났군."

둘을 지켜보며 불길함을 느낀 나채환이 인상을 찡그리며 나직하게 중얼거린다.

"뭐가?"

"혹시 금의위 도독에게 아들이 쟤 하나뿐이냐?"

"아마 그럴걸?"

그 집도 손이 귀한 가문이라 들었으니 아마 맞을 거다.

"후우."

나채환이 한숨을 길게 내쉬는 모습에 이경찬이 의아해한다.

하나…… 이경찬은 곧 그 이유를 알 수 있게 된다.

둘이 서로를 향해 쇄도하여 맞붙는 순간!

양효림은 어깨를 뒤로 크게 젖히며 반동을 더해 주먹을 날리려 했으나, 진유청은…….

쩌억!

대장의 무릎이 양효림의 거, 거시기를 찌…… 찍었어?

"저, 저거 뭐야?"

이경찬이 눈을 부릅떴다.

아니, 비단 이경찬만이 아니라 모여 있던 이들 대부분이 두 손으로 어딘가를 가리며 눈살을 찡그린다.

양효림이 느낄 고통이 자신들에게까지 전해져 왔다.

"으아아악!"

양효림이 크게 비명을 내지르며 몸을 안쪽으로 반 접으며 바닥에서 뒹군다.

좀 심했나?

진유청이 아직 어린아이에게 몹쓸 짓을 한 건 아닐까 잠시 고민한 뒤, 바닥에서 헤엄이라도 칠 듯 허우적대는 양효림의 옆에 무릎을 반 접고 쭈그리고 앉는다.

"저, 저…… 떨어져라!"

혹시 악독하게도 쓰러진 상대에게 재차 공격을 감행하려는 게 아닌가 하고 동규와 다른 소년이 버럭 소릴 지른다.

하지만 진유청은 그렇게까지 막 나가는 녀석은 아니었다.

콩, 콩!

진유청이 양효림의 등줄기를 따라 허리 아래 꼬리뼈 부분을 주먹으로 두들겨 준다.

민간요법이긴 해도 효과는 제법이다.

깨진 걸 붙여 주지야 못 하겠지만, 아픈 건 덜하겠지.

진유청은 자신이 고난을 이겨 낸 경험을 아낌없이 양효림에게 베풀었다.

양효림이 발작이라도 하듯 몸을 부르르 떨다가 가만히 등을 내맡긴다.

얼마나 아팠으면…… 이 녀석도 혼이 가출한 모양이다.

그렇지 않고서야 당장 찢어 죽여도 시원찮을 진유청의

도움을 받아들이다니.

물론 양효림의 상태를 같은 남자로선 이해할 수 있었다.

마음이 짠해진 진유청이 위로했다.

"안 깨졌을 거야."

분명 마지막에 힘을 좀 빼긴 했었다.

양효림의 몸이 파득거린다.

양효림과 나채환과 겨루게 했던 두 소년과 그들을 추종하는 무리 몇 명이 나와 조심스레 양효림을 부축했다.

기절이라도 한 듯 축 늘어져 동료들에게 기대어 있지만, 양효림의 정신은 멀쩡했고, 그래서 더 미칠 지경이다.

진유청은 그들의 따가운 시선에 '앗, 뜨거라' 하며 순순히 옆으로 비켜나 멀뚱히 서 있었다.

"두고 보자."

동규가 살기로 번들거리는 눈으로 진유청에게 말한다.

"……너네 대장 꼬리뼈나 잘 두들겨 줘."

여기야, 여기.

진유청이 자기 등줄기 허리 아래 한 지점을 검지로 가리키며 위치까지 알려 준다.

동규와 다른 소년들이 황태자 주태민을 향해 고개를 숙이며 이만 가 봐도 될 지에 대해 묻자, 주태민이 고개를 끄덕인다.

"얼른 가 보도록. 금의위 도독님껜 내 잘 말씀드리겠다.

효림에겐 몸조리 잘하라 이르고. 내 따로 부를 테니 기다리라고 해라."

양효림은 한동안 얼굴을 들고 다니기 어려우리라.

주태민 자신이 직접 마련한 자리이니만큼 뒤탈이 없도록 잘 다독이는 편이 나을 터.

그렇게 양효림과 그 일행이 황태자궁에서 빠져나가 썰렁한 가운데, 윤경이 새카매진 안색으로 황태자에게 고한다.

"저도 이만 가 보겠습니다, 전하. 아버님을 도와 고문서 번역을 하기로 하였기에……."

황태자가 손을 바깥쪽으로 내저으며 허락한다.

"대학사 어른께 내 안부도 좀 전해 주고."

"알겠습니다."

윤경과 그 일행도 서둘러 자리를 뜨니, 결국 남은 건 황태자와 진유청 일행뿐이었다.

시험이고 뭐고 모든 게 엉망이 되자 얼굴이 핼쑥해진 이경찬이 손으로 이마를 짚는다.

아이구, 머리야.

"하하하, 하하하하하!"

그때 터져 나오는 커다란 웃음소리.

이경찬이 놀라 주위를 두리번거리자 황태자가 배를 잡고 웃고 있었다.

한 번도 본 적 없는 모습.

얼마나 어이가 없으면 저러실까 싶어 이경찬이 걱정스레 바라보지만…….

"아…… 진짜…… 하하하하하!"

진짜 웃으시는 것 같은데?

뭐가 그렇게 재밌으시지?

"그런데 정말 거길 치면 덜 아파지느냐?"

주태민이 진유청에게 묻는다.

"네. 민간에 전해 내려오는 비법을 전해 받아 직접 체험해 본 결과, 확실합니다."

과거 생에서 습득한 중요한 지식이다.

진유청 개인적으론 부작용이 만연한 불귀곡 비급 따위보다 훨씬 쓸모 있다 여겼다.

"네게 좋은 걸 배웠구나."

진유청을 대하는 주태민의 태도가 한결 부드러워진다.

어떻게 이 일을 헤쳐 나갈까 싶었는데, 아주 잘 해낸 것이다.

이경찬의 말대로 학문은 별로였지만, 무공은 제법 쓸 만했다.

마지막에 가한 일격이 너무 끔찍하여 빛이 바라긴 했지만, 양효림을 상대로 꽤나 잘 버티지 않았는가.

그리고 결국 이겼다.

그게 단순히 운이었다 치더라도, 저 정도면 난놈이다.

세상에 운으로 윤경과 양효림의 넋을 빼놓을 수 있는 이는 그리 많지 않을 테니까.

자신의 보는 눈이 틀렸나, 아니면 저 녀석이 자신에게 보여 준 모습이 거짓이었나.

"이제 어쩔 셈이더냐. 황궁에서도 기세 좋은 금의위 도독의 자식에게 수치를 주었으니, 뒤탈이 끊이지 않을 텐데 말이다."

주태민이 진유청을 향해 묻는다.

마지막 시험이다.

진유청은 용 새끼의 눈이 위험하게 번들거리는 걸 보고 경계하면서도 대답하지 않을 수 없었다.

자신이 옳은 답을 내놓지 않으면 양효림이 정말 사달을 불러오려 할 때, 손끝도 까닥 안 할지도 모르니까.

"수치스러운 일이라니요? 저는 태자 전하께서 친히 여신 결투라 어쩔 수 없이 참가하여 손을 겨루다가 작은 실수를 했을 뿐인데요? 양 공자도 깨어나면 너털웃음을 한 번 터트리고 잊을 겁니다."

태자 전하가 주관한 결투 결과에 승복하지 못하고 자신을 이긴 상대를 해하려 들면 양효림의 꼴이 우스워진다.

진유청이 해를 입게 되면 결국 화살은 양효림에게 돌아가지 않겠는가.

불충에 불명예까지 얻을지 모르는 위험한 일에 쉽게 손을 내밀진 못할 거다. 당장은, 말이다.

물론 황태자가 뒤에서 부추긴다면 어찌 될지 모르지만…….

"진정 그렇게 생각하나?"

"태자 전하께서 그렇게 되도록 해 주실 거라 믿습니다."

믿어도 되지요?

진유청이 눈을 깜빡이며 주태민을 빤히 바라본다.

주태민이 기가 찬 나머지 피식 웃는다.

최악의 첫인상이 지워진 건 아니지만, 일단 쓸모가 있을지도 모르는 녀석이라고 머릿속에 새겨 둔다.

"오늘은 수고했다. 이만 돌아가 쉬어라."

황태자의 말 중 오늘 '은'과 '이만'이 유독 귀에 거슬리지만 내색할 순 없다.

"네. 그럼 안녕히 계십시오."

진유청은 절대 또 볼 일이 없길 바라며 인사를 한다.

이청강에게 형수님을 찾아 달라 부탁도 해 놨고, 얼마 후면 자신을 잡으러 진가장에서 아버지도 오실 테니…….

그냥 하남으로 튀지, 뭐.

오랜만에 집 밥도 먹고 싶고…….

혀, 형님도 봬야 하긴 하는데…….

자신을 찾기 위해 집을 나갔다는 진이현에 대해 생각이 미치자 속이 쓰려 입맛만 다신다.

이젠 가도 되나?

한나절 만에 얼굴이 퀭해진 이경찬이 진유청을 잡아끈다.

"넌 내일도 입궁하도록."

주태민이 이경찬에게 말했다.

발을 내딛다 주춤한 이경찬이 주태민을 돌아본다.

태자 전하는 분명 자신을 싫어하는 것 같은데, 왜 꼭 옆에 두고 괴롭히려 하실까.

하여간 성격도 더러우셔라!

"……네, 내일 뵙겠습니다."

이경찬이 꾸벅 인사를 하고 돌아서려는데, 황태자가 시선을 거두지 않으니 그냥 가기가 난감해진다.

"더 하실 말씀이라도 있으십니까?"

주태민이 턱 끝으로 나채환을 가리킨다.

"저 녀석도 데려와라."

이경찬의 시선이 저도 모르게 나채환에게로 향한다.

"눈빛이 마음에 든다."

주태민이 눈을 가늘게 뜨고 하는 말에 진유청이 나채환의 어깨를 두드리며 귓가에 얼굴을 갖다 대고 속삭인다.

"너 잘하면 팔자 피겠다. 황궁에서 먹는 밥은 식지도 않는다던데 말이야."

그만큼 쉴 새 없이 새로운 먹을거리가 상에 올려질 정도로 풍족하단 뜻이다.

먹을거리가 단순히 음식을 의미하지 않는다는 걸 모르는
이는 없으리라.

나채환을 향한 진유청의 말엔 진심이 담겨 있었으나, 자
신이라면 절대 사양하고 싶은 일이다.

저 용 새끼를 계속 봐야 한다면, 제아무리 진수성찬에 주
머니 두둑한 뇌물일지라도 싫다. 다 써 보기도 전에 말라죽
을 게 분명했다.

나채환은 황태자를 물끄러미 응시할 뿐, 별다른 말은 하
지 않았다.

"가자."

진유청이 이경찬에게 손짓을 한다.

오늘은 정말 피곤한 하루라 생각하며 이경찬이 진유청에
게 다가갔다.

세 사람이 나란히 서서 황태자의 궁을 떠난다.

주태민은 세 사람의 멀어져 가는 뒷모습을 한참이나 바
라봤다.

"재밌는 하루였군."

다른 사람은 몰라도 주태민에겐 그랬다.

"매일이 오늘 같다면……."

이번 생에 죽을 땐 다시 태어나길 바라지 않을지도 몰라!

친구들과 황태자궁을 나와 황궁을 빠져나가기 위해 바삐

움직이던 진유청이 한숨과 함께 투덜거린다.

"채환아, 고생했어."

이제 한숨 돌렸다 싶었는지 이경찬이 나채환에게 말했다.

"나는?"

진유청이 눈을 치뜨며 이경찬에게 묻자, 이경찬이 멀뚱히 진유청을 바라본다.

"……고생시키느라 고생했어."

"내가 누구 때문에 이 짓을 했는데, 잘도 그런 말이 나온다, 경찬아?"

진유청이 은근한 어조로 얘기하자, 이경찬이 만사 귀찮다는 듯 손사래를 친다.

"됐고, 됐으니 얼른 가자, 대장. 힘들어 죽겠다."

많이 컸다, 이경찬!

하지만 진유청 자신도 얼른 황궁을 빠져나가고 싶은 마음은 마찬가지였는지라 더는 시간을 지체하지 않는다.

그렇게 얼마나 걸었을까.

몇 개의 문을 지나고, 황제가 있는 대전과 황태자궁으로 길이 갈리는 중간 지점에 도착한 이들은 맞은편에서 다가오는 사람들을 보고 한편으로 비켜난다.

선두 중앙에 서서 걸어오고 있는 이는 평범한 얼굴이지만 입가에 은은하게 지어진 미소가 온화한, 부드러운 인상의 사내였다.

사내는 진유청 일행을 보더니 가볍게 머리를 끄덕이며 인사를 건넨다.

진유청 일행이 갑작스런 인사에 놀라 고개를 꾸벅 숙였다.

그때 사내의 손을 잡고 있던 아홉 살, 열 살 정도 됨 직한 사내아이가 토라진 듯 입을 삐죽거리며 말한다.

"숙부, 숙부는 왜 저런 녀석들한테 고개를 숙여요?"

"요 녀석! 저런 녀석들이라니, 말이 과하구나."

사내가 아이를 가볍게 꾸짖는다.

"하지만 숙부는……."

사내아이가 뭔가를 말하려다 말며 입안으로 웅얼거린다.

"우리가 먼저 지나갈 수 있게 길을 비켜 주었으니, 고맙다 인사를 하는 게 당연한 거다. 알겠느냐, 원형아?"

"알겠어요, 숙부님."

원형이라 불린 사내아이가 억지로 대답한다.

"자, 그러면 어떻게 해야 하지?"

사내가 원형의 등을 토닥인다.

"내가 말을 함부로 했어. 이제 안 그럴게."

달싹이는 연분홍 입술에서 나오는 정중한 사과와는 다른 싸늘한 시선이 진유청 일행에게 꽂혔다가 금세 거두어진다.

원형은 더 이상 이 자리에 있고 싶지 않은지 사내를 졸랐다.

"숙부, 얼른 가요. 황제 폐하께서 기다리고 계시면 어떻게 해요?"

일부러 황제를 언급하는 걸로 봐선 땀과 흙으로 범벅이 된 지저분한 너희들과 자신은 가는 길이 다르다고 과시하는 듯했다.

"그래, 이제 가자꾸나."

원형의 사과가 마음에 들었는지 사내가 눈가를 휘며 웃고는 발을 내딛는다.

"뭐 저런 자식이 다 있어?"

이경찬이 헛웃음을 지으며 고개를 설레설레 흔들다가 자신들도 이만 가자고 하려는데…….

"대장? 왜 그래?"

진유청이 얼어붙은 듯 꼼짝도 하지 않고 온몸을 덜덜 떨고 있는 게 보이지 않는가!

대장이 잔뜩 놀란 모습이라니…… 한 번도 본 적이 없다!

그건 나채환도 마찬가지였는지, 녀석 또한 걱정스레 진유청을 바라보며 팔을 뻗는다.

"어디 아프냐?"

나채환의 손이 열을 재기 위해 이마를 짚자 차가운 기운에 정신을 차린 진유청이 대답한다.

"아? 아냐, 아냐. 괜찮아. 별거 아니야."

나채환의 손을 제 이마에서 떼어 원상태로 돌려놓은 진유청이 애써 웃지만 어색하기 짝이 없다.

"아는 녀석이야?"

"아니, 전혀 모르는 녀석."

아직까지는, 이란 말을 목구멍으로 넘기며 진유청이 친구들에게 어깨동무를 한다.

"가자!"

진유청이 아무렇지도 않은 척 외치지만, 지금 그의 머릿속은 아주 엉망으로 헝클어지고 있었다.

내가 왜 한눈에 알아보지 못했을까!

이름을 들었을 때, 그제야 기억이 났다!

이원형…….

혈사방주의 아들!

진유청은 진가장 혈겁이 일어나게 된 원인이자, 자신이 죽인 사람의 어린 시절과 재회했다.

그것도 자신의 과거와 접점이라곤 전혀 없는 황궁에서!

혈사방주의 아들인 저 녀석이 왜 황궁에 있는 걸까. 그리고 저 녀석이 숙부라 부른 인물은 대체 누구일까?

모르면 몰랐으되, 알게 됐는데 어찌 모른 척할 수 있을까.

이제 와 생각해 보면 이상한 점이 한두 가지가 아니다.

과거 개망나니 같던 자신이 어떻게 무림맹과 함께 천하의 자웅을 겨룬다는 혈사방주의 아들을 죽일 수 있었을까?

개망나니에, 실력도 그냥저냥 평범했던 자신이 죽일 수 있을 만큼 쉬운 놈은 절대 아니었는데 말이다.

문제가 문제를 부르고, 점점 몸체를 불린다. 경사진 눈밭 위에서 굴러 내려오는 눈 덩이처럼.

……역시 오늘은 대단한 날이다.

지랄이 대풍년인 걸로도 모자라, 지랄 산에 올라 심 본 거 같은 기분!

"하아……."

진유청이 아이들에게 어깨동무를 하고 있는 팔에 힘을 주며 다리에 힘을 뺀다.

"대장, 무거워!"

이경찬이 한소리하면서도 진유청이 떨어질 까 봐 걱정이 되는지 왼손을 올려서는 자신의 어깨에 걸쳐진 진유청의 팔을 꼭 잡는다.

그건 나채환도 마찬가지.

그그극!

진유청의 발이 땅에 닿아 지면을 긁고, 아이들은 별말없이 축 늘어진 진유청을 끌고 황궁을 나섰다.

해가 지려는지 어슴푸레한 공기가 내려앉으며, 한 덩이로 뭉쳐 걷고 있는 아이들의 그림자를 뒤로 길게 잡아챘다.

第七章

하남삼협

"야, 좀만 쉬자."

오자경이 아무리 통사정을 해도 들어주지 않는 진이현의 등을 향해 버럭 외쳤다.

"너야 얼음덩이지만 나는 멀쩡한 사람이라고. 제대로 안 자고 안 먹고 계속 움직이면 죽어!"

선이 고운 얼굴에 심통이 덕지덕지 붙은데다 눈까지 옆으로 쭉 째져 진이현을 노려보는 오자경으로 인해, 장웅이 난감해한다.

이거, 이거…… 그냥 놔두면 또 한바탕 난리가 일겠는걸?

어떻게 하면 저 얼음덩이를 아득아득 깨 먹을 수 있을지 고민하는 오자경의 어깨를 두드린 장웅이 쿵쾅거리는 잰걸음으로 앞서 가는 진이현에게로 갔다.

"이현아!"

자신을 부르는 소리에도 전혀 신경 쓰지 않고 진이현이 제 갈 길만 간다.

"이, 이현아…… 마음이 조급한 건 알겠지만, 이러단 유청이를 찾기도 전에 우리 먼저 다 쓰러지겠다, 응? 유청이를 찾건, 구하건 간에 우리가 힘이 있어야 녀석을 도와주지. 안 그래?"

장웅이 애처로운 목소리로 말했다.

겉보기론 곰처럼 둔해 보이지만, 의외로 머리가 잘 돌아가고 눈치가 빠른 장웅은…….

정말 곰이군.

원래 곰이 보기완 다르게 빠르고 영리한 동물이다.

"이현아…… 다른 거 말고 자경이 저 녀석이 잠깐 따신 물에 목욕이라도 하고, 나 밥 먹을 시간 동안만은 쉬자. 응?"

덩치도 산만 한 녀석이 연방 눈치를 살피며 조심스레 애기하니 보기 안쓰러울 정도다.

그래도 자신을 돕겠다며 열 일 제쳐 두고 달려온 친구들인데 너무했다 싶긴 했는지 진이현이 고개를 끄덕였다.

"자경아, 인근 마을에 들러서 씻고 밥도 좀 먹자. 이현이가 괜찮대!"

장웅이 뒤를 돌아보며 우락부락한 얼굴에 환한 미소를

띠고 말하자, 오자경이 주먹을 불끈 말아 쥐었다.

왜 자신이 말할 땐 안 들어주고!

오자경의 눈이 가늘어지며 더욱 길게 쭉 찢어지자, 장웅이 '에휴, 이 화상들……' 이라며 속으로 혀를 찼다.

"아…… 이제 좀 살겠다!"

객잔에 도착하자마자 점소이에게 후하게 뒷돈을 건네준 오자경은 즉각 준비된 따뜻한 물이 가득 담긴 나무통에 몸을 담글 수 있었다.

이 층에서 목욕을 마친 오자경이 일 층으로 내려가며 만족의 그르렁거림을 목으로 울린다.

한결 산뜻해진 얼굴에 오랜만에 갈아입은 깨끗한 옷이 곱상한 외모를 더욱 돋보이게 했다.

하나 그 얼굴이 금방 험악해지는 데는 얼마 걸리지 않는다.

"나도 안 왔는데, 벌써 처먹고 있냐?"

일 층에서 오자경을 기다리던 장웅과 진이현은 벌써 밥을 먹고 있었다.

"목욕만 하러 들어가면 나오질 않는 네가 언제 올 줄 알고 기다리겠냐. 니 것도 시켜 놨으니 대충 먹어."

장웅이 핀잔을 준다.

"흥."

오자경이 콧방귀를 뀌며 장웅 옆자리에 앉아 젓가락을

든다.

장웅이 그런 오자경 앞쪽으로 그가 즐겨 먹는 음식 접시를 밀어줬다.

"오오…… 역시 장웅이야!"

안 그래도 긴 목욕으로 인해 더욱 허기가 졌었는데, 좋아하는 음식까지 눈앞에 있으니 금상첨화.

음식을 향해 젓가락을 내밀던 오자경이 그제야 생각이 났는지 장웅을 향해 물었다.

"쟤 뭐하고 있냐?"

진이현은 커다란 종이를 탁자 한편에 놓고 그 위에 뭔가를 표시하고 있다.

앞에 놓인 밥그릇에 밥이 거의 줄지 않은 걸로 봐선 대충 먹는 시늉만 한 모양이다.

"……우리가 유청이 녀석을 찾아 헤맨 곳과 앞으로 헤매야 할 곳을 표시하는 중이래."

음식을 집으려던 젓가락을 회수해 입에 물며 오자경이 목을 길게 늘여 빼고 종이를 내려다봤다.

"……제기랄!"

장웅의 목소리가 왜 힘이 없었는지 알 거 같다.

"십자와 동그라미 중 어느 게 우리가 이미 돌아본 곳이래?"

오자경의 물음에 장웅이 대답했다.

"……어딜 거 같아? 니가 생각한 그게 맞아."

으득!

물고 있던 젓가락을 어찌나 세게 깨물었는지 이 끝에서 지잉하고 통증이 인다.

"열심히 돈다고 돌았는데도, 아직 반에 반도 못 했구나."

오자경이 기가 막힌 듯 중얼거린다.

자신들이 하남을 떠나온 지 벌써 얼마나 됐나.

반년이 넘었다.

눈에 불을 켜고, 밤잠도 제대로 안 자고, 밥 한 끼 편하게 안 먹고 씩씩대며 사방을 훑고, 최대한 시간을 아꼈음에도 불구하고 앞으로 적어도 이삼 년은 더 그래야만 전국을 돌 수 있는 거다.

"후우우우우."

오자경이 한숨을 크게 내쉬더니 젓가락질을 시작한다.

아구 아구 퍼먹는 모양새가 장웅 못지않다.

"체하겠다, 천천히 먹어라."

장웅이 구박하자, 오자경이 쌜쭉하니 눈을 치뜬다.

"얼른 먹고 빨리 돌자. 시간이 더 드는 거야 어쩔 수 없지만, 유청이를 찾는 게 늦어질수록 녀석이 어떤 상황에 처하게 될지 알 수 없잖아."

진이현의 동생은 자신의 동생과 마찬가지이고, 무엇보다 유청이 그 녀석은…… 정말 동생 같았다.

"고맙다."

진이현이 잘 내보이지 않는 속내를 입에 담는다.

저 얼음덩이의 입에서 고맙다는 말이 다 나오고, 유청이
가 대단하긴 한 모양이다.

"됐다. 밥이나 먹어라. 그거 다 처먹기 전엔 출발 안 할
거다."

오자경이 진이현의 앞에 놓인 밥그릇을 턱으로 가리켰다.

진이현이 종이를 접어 품속에 집어넣고는 밥그릇을 손에
든다.

오자경은 그가 밥을 입에 넣어 우물거리는 것까지 확인
한 후에야 제 밥그릇에 신경을 쓴다.

조용한 식사 시간이 시작될 뻔했다.

누군가가 객잔 안에 들어오기 전까지는.

콰앙!

객잔 입구로 들어오자마자 어깨에 걸쳐 메고 있던 사람
하나를 바닥에 내던진 중년인 사내가 안을 훑어본다.

"내 동생을 이렇게 만든 놈이 누구냐."

사내가 씹어뱉듯 툭 뱉어 낸 말로 인해 가뜩이나 놀란 객
잔 안이 쥐 죽은 듯 조용해졌다.

식사중이던 진이현 일행도 멀뚱한 눈으로 사내를 바라보
다가 바닥에 나동그라진 남자를 향해 시선을 내렸다.

"누구지?"

"저번에 때린 놈인가?"

"저번에 때린 놈이 한둘이냐?"

장웅과 오자경이 서로 말을 주고받다가 바닥에 나동그라져 있는 사내를 유심히 본 오자경이 놀란 듯 외친다.

"어······?"

이제야 알아보겠다. 휘어진 콧대가 눈에 익은 게, 가장 최근인 어제 맞닥뜨렸던 놈이었다.

"다시 보니 반가워서 인사하고 싶은 거 아니면, 그냥 그 입은 다물어라."

장웅이 혀를 차며 주의를 준다.

하지만 중년의 사내는 이미 오자경 쪽에서 튀어나온 소리를 들었는지 고개를 돌려 눈을 부라렸다.

"너희구나. 내 의형제를 이 꼴로 만든 게!"

장웅이 아니라는 듯 고개를 젓는다.

"겁이 나서 꽁무니를 빼는 거냐? 비겁한 놈들아!"

중년 사내가 더욱 언성을 높여 외치자 장웅이 입맛을 다신다.

"저건 아무리 봐도 당신이 너무 우악스럽게 내팽개쳐서 기절한 모양새 아닙니까?"

자신들은 그저 팔 하나 부러뜨리고 무릎 꿇린 것 외에 다른 짓은 하지 않았는데, 저 사람은 완전히 만신창이가 돼 있었다.

"이익! 너희가 조용히 통행세나 냈으면 될 일이다!"

"사람들이 오고 가며 자연스럽게 만들어진 길에 통행세라니, 그게 말이나 됩니까? 도적이나 강도가 아니고서야 그런 짓은 하지 않지요."

세상에 어떤 곰이 이리 말을 잘할까.

조리 있게 상황을 설명하는 덩치 큰 청년으로 인해 객잔 안의 분위기가 조금 살아난다.

사내가 얼굴을 와락 구기더니 옆구리에서 투박한 도를 꺼내 손에 들었다.

"허억!"

객잔 안의 사람들이 헛바람을 들이키며 다들 벽 쪽에 붙는다.

파락호들끼리 싸움이 나도 저렇게 단번에 칼을 뽑아 들고 덤비려는 일은 드문데…….

"죽어라!"

상대는 셋이고, 사내 자신은 혼자이니 선수를 치는 게 유리할 거란 판단하에 달려든다.

하지만.

퍼억!

장웅이 달려든 사내의 배를 그대로 걷어찼다.

사내의 몸이 뒤로 나동그라지며 데굴데굴 굴러 입구까지 가서 뻗는다.

"혀, 형님…… 그러게 우리 상대가 아니라고 했잖습니

까……."

먼저 뻗어 있던 남자가 정신을 차리곤 사내를 원망한다.

"닥쳐라! 이게 다 네가 변변치 못해서다. 그리고 내가 혼자 올 줄 알았느냐? 큰형님께서 곧 오실 거다!"

사내의 목소리는 꽤나 커서 객잔 안 전체에 울려 퍼졌다.

"왜 혼자 와서 혼자 맞지 않고, 꼭 꼬리를 줄줄이 달고 올까?"

지금까지 상대한 이들 대부분이 그랬다.

"혼자 맞으면 억울해서가 아닐까?"

오자경의 궁금증에 장웅이 나름대로 고개가 끄덕여지는 추측을 내놓는다.

그럴싸했다.

"왜 기억나? 처음 우리 셋이 강호로 나섰을 때 말이야."

오자경이 과거 이야기를 꺼낸다.

"그때도 그랬어. 그냥 산적이나 강도라고 하기엔 너무 체계적으로 움직이는 녀석들이 떼로 몰려왔었지. 계속, 계속 말이야."

"그랬지. 정말 이상했어."

장웅도 머릿속에 떠오르는 기억을 더듬는다.

"그러고 보니 이번에도 대부분은 평범했지만, 간혹 무공이 특출하게 강한 산적들이 있긴 했지?"

와장창창!

장웅의 이야기가 이어지지 않는다.

"너희들이냐!"

백발이 성성했지만 목소리로 보건대 아직 정정한 게 분명한, 쉰은 족히 넘어 보이는 남자가 안으로 뛰어 들어 왔다.

남자 뒤로 우르르 몰려들어 오는 청년들로 인해 객잔 입구가 가득 찬다.

"귀찮게 됐네."

이기고 지는 게 문제가 아니라, 그만큼 시간을 지체해야 하는 게 큰일이다.

"그보단, 이현이나 말려라. 피 보기엔 사람이 너무 많잖아."

장웅이 투덜대는 오자경에게 말한다.

하지만……

스릉!

검날이 경쾌하게 검집 속을 긁으며 빠져나오는 소리가 들렸다.

"늦었네."

오자경이 어깨를 으쓱거린다.

장웅도 이렇게 된 이상 말리기가 어렵다.

"네깟 것들이 검 좀 뽑는다고 우릴 이길 수 있을 성싶으냐?"

백발의 사내가 눈을 부라리지만…….

쉬이이익!

진이현의 검에서 일렁이기 시작하는 강한 기운에 넋을
놓는다.

저런 건 지금껏 살면서 한 번도 본 적이 없는 것이기 때
문이다.

진이현이 검을 옆으로 가볍게 휘두른다.

스걱!

뭘 어떻게 했는지도 모르게, 탁자 하나가 반으로 갈라지
며 바닥을 내리찍는다.

쿵, 쿠웅.

묵직한 소리와 함께 주변이 더욱 고요해졌다.

검을 쥔 진이현의 손이 서서히 불청객들을 향해 뻗어 나
간다.

아지랑이 피듯 검 주위에 일렁이는 기운은…….

"검기다!"

강호 밑바닥만 굴러다니던 파락호 사내가 얘기로만 전해
들었던 그것!

"너희가 요즘 강호를 떠돌며 협행을 한다는 하남삼협이
구나!"

아…… 촌스러워라.

오자경이 눈살을 찌푸린다.

지어 줄 거면 좀 성의껏 지어 주지, 막 지은 티가 너무

난다.

하남 인근에서 사방을 훑으며 도적을 소탕하고, 협행을 하고 있다 하여 하남삼협이란다.

진이현 일행도 근래 들어서야 자신들이 그런 이름으로 불린다는 걸 알게 됐다.

하남 진가장의 진이현을 주축으로, 오자경, 장웅 세 친구의 의기로 시작된 협행은, 오대 세가 출신이 아닌 이들이라곤 볼 수 없을 정도로 뛰어난 실력으로 인해 더욱 주목을 받았다.

특히나…… 철면검객은 거대 세가나 문파 소속 중에서도 많지 않다는 검기를 운용할 수 있는 대단한 청년으로 그 앞날이 기대된다는 신진 고수였다…… 고 한다나 뭐라나.

"우리가 다른 이름이라도 만들어서 퍼트리고 다닐까? 나 하남삼협은 너무 싫은 거 있지."

오자경이 장웅의 옆구리를 쿡 찌르며 말한다.

장웅이라고 딱히 그 호칭이 마음에 드는 건 아니지만…….

"그렇다고 세상에 누가 자기 별호를 자기가 지어서 뿌리고 다니냐, 창피하게!"

곰 주제에 따지기는.

오자경이 인상을 쓰며 진이현을 가리킨다.

"저기 있잖아. 지 별호 지가 뿌리고 다니며 자랑했던 녀석."

과거 강호행 때 나쁜 놈들을 두들겨 패면서, 자기 입으로 자긴 철면검객이라고 얘기를 해 댔으니…….

사실 그 때문에 이번 강호행에서 자신들의 행보가 좀 더 주목받게 된 거나 다름없었다.

철면검객이란 이름이 미약하게나마 회자된 상태로 기억에 남아 있는데, 다시금 등장한 자신들이 그때 그 사람들이라고 하니 시선이 하나둘 모이기 시작한 것이다.

어린 치기로 한번 해 본 협행이 아니라, 좀 더 시간이 지나 월등해진 실력으로 다시금 강호에 나타나 재차 협을 행하고 있으니 말이다.

……사실 가출한 어린 동생이 걱정돼 미치겠어서, 진가 장주인 아버지의 허락도 안 받고 도망 나와서 사방을 헤매고 있을 뿐인 건데!

집 나간 애가 갈 데가 어디 있겠나.

납치를 당했나, 어디로 팔려 갔나…….

산이고, 들이고, 뒷골목이고, 여기저기를 헤매다 보니 나쁜 놈들 만날 일은 많고, 끔찍하게 귀여워하던 어린 동생에 대한 걱정으로 마음이 급한 진이현이 손속에 사정을 뒀을 리 만무하다.

참으로 어이없는 남들의 오해 속에 명성을 쌓고 있는 세 사람이었다.

게다가…… 진이현이 검기를 발현할 수 있다는 걸 알았을 땐…….

친구들인 오자경과 장웅도 기절하는 줄 알았다.

검기를 발현할 수 있는 중소 가문의 후계자가 협객행을 하고 있다는 소문이 삽시간에 퍼져 나간다.

진유청이 입버릇처럼 말한 대로, 녀석의 잘난 형은 천하 제일인까지는 몰라도 일단 협객이자 영웅이 될 수순을 차근 차근 밟고 있다고 해도 과언은 아니리라.

아직은 가장 낮은 계단에 첫발을 내딛은 거나 마찬가지 지만.

"하남삼협도 촌스러운데, 그 말속에 들어 있는 철면검객 과 나머지 떨거지 둘이란 건 더 싫어!"

오자경이 입가를 씰룩인다.

"그래서 어쩌려고?"

장웅이 묻지만 대답해 주지 않는다.

다만 오자경은 뭔가를 결심한 듯 혼자 고개를 주억거린다.

객잔 입구에서 사시나무 떨 듯 벌벌 떨고 있는 백발의 사 내는 자신이 건드려서 좋을 게 없는 이들을 멍청하게 쑤셔 댔구나 자책했다.

이 모든 게 바닥에 널브러진 저 두 놈 때문이니, 저 둘을 던져 주고 나면 자신들을 용서해 줄까?

……그럴 리 없겠지?

악을 원수처럼 미워한다는 협객들이 아닌가.

사내는 자신을 먹잇감처럼 노려보는 곱상한 생김새의 청

년으로 인해 더욱 주눅이 들었다.

삼협 중 한 명은 쾌검을 쓴다 했는데, 어찌나 빠른지 번개 같은 손놀림 한 번에 서너 명은 족히 나가떨어진다 했다.

아마 그놈이겠지?

사내는 수하들의 눈이 걱정되거나, 파락호 중 우두머리인 체면 때문이 아니라, 자신이 도망치려 등을 돌리는 순간 저들이 달려들어 자신을 죽일 거란 강박으로 인해 도망치질 못했다.

"의외로 배짱이 두둑하네? 도망도 안 가고 떡하니 버티고 서다니. 이현이가 최대한 시간을 지체하지 않으려고 검기까지 보여 주며 겁을 줬는 데도 말이야."

백발의 사내를 주시하던 오자경이 눈에 이채를 띤다.

사내의 타는 심정이야 오자경이 알 리도, 알 필요도 없다.

진이현은 검기를 발현한 채 상황이 정리되길 기다렸으나 진전이 없자, 뻗은 손을 서서히 움직인다.

검기가 진이현의 손을 따라 소용돌이치며 사방으로 뿜어져 나가려는 순간!

타다다닥!

오자경이 사내들을 향해 달려 나갔다.

"나는 쾌검공자다!"

자신 있게 외치는 오자경의 얼굴엔 한 줄기 아쉬움이 남아 있다.

좀 멋진 걸 쓰면 좋을 텐데, 당장 생각나는 게 이거뿐이다.

오자경 자신이 한 말도 있었으니, 영악하기 그지없는 유청이 녀석이 나중에 알게 되면 이름 지어 준 값을 받으려 들 게 분명했다.

그것도 아주 많이 덤터기를 씌우겠지.

"저게 뭔 짓이지?"

장웅이 눈을 깜빡이다 '아!' 하고 감탄하더니, 잠시 진이현을 힐끔거린다.

진이현이 검기를 발현한 자세 그대로 굳어 있자, 이번엔 장웅이 쿵쾅거리며 뛰어나갔다.

"난 뇌웅이다. 악한 놈들은 모두 지옥으로 보내 주마!"

오자경이 속으로 혀를 찬다.

악한 놈들은 모두 지옥으로 보내 주마, 라니. 아침에 밥 먹었니? 하고 물어보는 것만큼 상투적인 표현이 아닌가!

그것도 모자라 뇌웅이라…….

이건 좀 반갑다.

역시 사람이 생각하는 건 거기서 거기인 듯.

유청이한테 쓸 이름값 덤터기는 반씩 나눠 갖자꾸나.

콰앙!

잔뜩 긴장하여 팽팽하게 당겨진 분위기를 찢으며, 하남 삼협 중 둘이 달려들자, 파락호 사내들이 우왕좌왕하며 객잔 안 여기저기로 튀어 나간다.

하나 맞은편엔 하남삼협 중 제일 무서운 철면검객이 검기를 발현한 채 서 있으니…….

뛰어가다가도 되돌아온다.

여기서 벗어날 수 있는 건 입구 아니면 창문뿐이다!

와장창창!

물건 부서지는 소리와, 창문을 향해 통째로 몸을 던지는 이들이 늘어난다.

객잔 주인이 하얗게 질린 얼굴로 덜덜 떨면서도 머릿속으로 계산을 한다.

협객들이라 했으니 설마 망가트린 객잔을 보상도 안 해 주고 도망가진 않을 거라 여긴 거다.

장사치로서의 본능이 인간으로서 가질 생명에 대한 집착도 이길 만큼 절실했다.

"한 냥, 두 냥…… 아이쿠, 저 액자는 비싼 건데! 저건 열 냥……."

마구 늘어 가는 숫자 속에, 오자경과 장웅은 자신들의 이름값이 점점 더 비싸지는 걸 깨닫지 못하고 손과 발을 휘둘렀다.

진이현은 자신의 친구들이 그동안 쌓인 게 좀 많았나 보다 싶어 묵묵히 검을 내리고 가장자리로 몸을 피했다.

유청이를 찾는 게 당장 시급했지만, 어차피 밥 먹을 동안은 쉬고 가기로 했던 거고…….

밥을 먹는 대신 그 시간 동안 밥 먹을 곳을 때려 부순다면야, 그 또한 저들의 선택이다.

고픈 배를 움켜쥐고 다시 길을 떠나야겠지만, 그 정돈 충분히 감수할 테지.

안 하겠다면 하게 만들면 될 일이고.

"위로금까지 두둑하게 받아 내도록 하십시오."

어쩌다 눈이 마주친 객잔 주인이 손에 산판을 들고 알을 튕기며 계산하는 걸 본 진이현이 당부한다.

"네? 네, 감사합니다!"

주인이 몇 번이나 인사를 했다.

진이현은 무표정한 얼굴로 사과를 겸해 고개를 작게 숙여 보인다.

그리고는 벽에 딱 달라붙어 있는 객잔 안 손님들에겐 피해가 없도록 신경을 쓰면서, 아직까지 날뛰고 있는 친구들을 향해 시선을 돌렸다.

"이현아!"

오자경이 진이현을 부른다.

대답 대신 차가운 시선이 오자경을 향했다.

둘이 조용히 서로를 마주 본다.

"……됐다. 얼음덩이보단 역시 곰탱이가 낫겠어."

얼어붙어 익지도 않은 생쌀을 씹느니, 차라리 새카맣게 탄 밥을 먹는 게 입은 써도 소화는 잘될 거다.

오자경이 먼저 두 손을 들고는 모닥불 한편에 잠들어 있는 장웅의 허리를 발로 찼다.

"이 새끼야, 해가 중천에 떴는데 왜 아직도 자빠져 자는 건데? 어제 낮부터 쫄쫄 굶은 내가 손수 밥을 해서 코앞에 갖다 줘야 일어날 거냐!"

"끄응……."

장웅이 눈을 깜빡이며 아픈 허리를 부여잡고 상체를 일으킨다.

"밥해!"

오자경이 작은 솥을 장웅에게 건넨다.

"자는 동안 누가 나 때렸나 봐……."

장웅이 제 머리보다 작아 보이는 솥을 품에 안고 허리를 좌우로 흔든다.

역시 예리하다니까!

오자경이 모르는 척 무심하게 말을 툭 뱉는다.

"아무도 안 때렸으니, 밥이나 하시지."

"오늘 아침은 이현이 차례 아냐?"

억울하게 잠에서 깬 장웅이 이제야 생각났다는 듯 눈을 부라리다가, 나무 아래서 가부좌를 튼 채 명상에 잠겨 있는 진이현을 보고는 멈칫한다.

"그냥 '뇌웅' 니가 해."

"……그래."

장웅이 고개를 끄덕이다가 동작을 멈춘다.

"'쾌검공자', 너는 뭐하려고?"

어제 사고를 치고, 오늘 식사 당번이 아닌 건 너나 나나 똑같은데, 왜 군이 내가 해야 하느냐는 불만을 품은 채 장웅이 오자경을 쨰려본다.

"난 어제 목욕을 막 마치고 내려간 참이었다."

"그래서?"

"곰탱이 너는 그때 밥을 먹고 있었지."

"그래서?"

"나는 막 밥을 먹으려던 참이었고."

그, 그래서?

장웅은 차마 한 번 더는 되묻지 못한다.

오자경의 눈매가 싸늘하게 식으면서 녀석의 손이 검이 있는 옆구리를 향해 손을 뻗고 있었기 때문이다.

"밥해라, 곰탱아."

"……오늘은 안 태우고 잘해 볼게."

역시 눈치 하난 기가 막힌 곰 같으니라고.

장웅이 쭈그리고 앉아 미리 가죽 포대에 담아 온 물로 쌀을 헹구고, 오자경이 불씨를 살려 놓은 모닥불 위에 올린다.

"이제 우리도 아침은 간단하게 육포나 씹던지 하자."

귀찮음이 식욕을 이기는, 장웅으로선 꽤나 대단한 결정을 제안했지만, 오자경에겐 먹히지 않는다.

"너나 그래라. 난 귀하게 자란 몸이라서 아침부터 깔깔한 육포 쪼가리나 씹으면서는 힘을 못 내거든? 그러니 괜히 구시렁대지 말고, 좀 전에 얘기한 대로 밥이나 태우지 마."

팔짱을 낀 오자경의 눈초리가 쫙 찢어진다.

"에휴우우. 내 팔자야."

저게 친구냐, 상전이지!

기다란 나뭇가지 하나를 손에 들고 솥을 올린 모닥불의 불길을 조절하던 장웅이 한숨을 내쉬었다.

촤악!

진이현이 어제 보다가 말았던 커다란 종잇조각을 거칠게 양손으로 펼쳐 들고는 다음번에 갈 지역을 확인한다.

장웅과 오자경 둘 다 어깨를 움츠린 채 속삭였다.

"밥 많이 먹자."

힘쓰려거든.

"그래. 역시 아침은 밥이지. 얼른 먹고 우리 유청이 찾으러 가자. 녀석 얼마나 고생을 하고 있을지 상상만 해도 눈물이 난다."

오자경의 말에 장웅이 동조했다.

"그래, 빨리 먹고 떠나야지. 조금만 기다려. 하는 김에 점심에 먹을 주먹밥까지 싸게. 우리 돈도 별로 없잖아."

백발이 성성했던 사내는 물론, 그 수하들까지 탈탈 털고, 자신들의 여비까지 보태어 객잔 주인에게 건네주자 객잔 주인은 손해도 잊고 환하게 웃었다.

진이현은 연방 자신의 눈치를 살피는 친구들을 보며 속으로 혀를 찬다.

그리고 밥이 될 때까지 기다리는 동안, 손에 들고 있던 지도를 마저 훑는다.

너는 어디 있느냐, 유청아.

네게 무슨 일이라도 생기면 진가장은, 아버지는, 나는 어찌하면 좋을꼬.

태어나자마자 고사리 같은 손을 꼼질거리며 자신의 볼에 갖다 대던 작은 아이가 눈에 밟혀 진이현은 가슴이 시렸다.

밥은 먹고 다닐는지.

……오늘도 밥알이 까슬거리며 입안을 긁어 쉽게 목으로 넘어갈 것 같지가 않았다.

유청이를 떠올리니 문득 아버님 생각이 난다.

"다음 마을에 들리면, 아버님께 연락이라도 보내야겠군. 혹시 금오상단 밑에 있는 전장을 통해 보내오신 소식이 있는지도 알아보고."

진이현이 나직하게 중얼거렸다.

第八章

두 눈이 마주치는 순간!

구불구불한 산길을 지나 번화한 도회에 도착해 성문을 막 지났을 때까지만 해도 진이현 일행에게 큰 문제는 일어나지 않았다.

동생에 대한 걱정과 아버지에 대한 미안함으로 어두웠던 진이현의 얼굴 때문에 겁을 집어먹은 사람들이 자신들이 전염병이라도 걸린 양 멀찍이 피해 돌아가는 것도 참을 만했다.

진이현이 표국을 통해 진가장에 연락을 보내는 걸 먼저 할까, 아니면 진가장에서 온 소식이 있나 금오상단 휘하의 전장에 들르는 게 나을까 고민하는 걸 기다리며 먹었던 당과도 맛있었고.

다 큰 사내 둘이 당과를 쪽쪽 빨며 서 있는 게 창피하지도 않았다.

……문제는 금오상단 휘하의 전장에 들른 후에 일어났다.

"어서 오십시오!"

금영전장에 들어서자마자 똘똘해 보이는 소년 하나가 부드러운 목소리로 일행을 맞이했다.

"누구를 찾아오셨습니까?"

눈을 또랑또랑 빛내며 말하는 소년에게 진이현 대신 오자경이 나서서 대답했다.

"주인을 모셔 오거라."

"주인님을요?"

소년이 미간을 좁히며 일행의 남루한 행색을 위아래로 살핀다.

"욘석아, 일단 모셔 오면 될 일. 넌 손님 맞는 법도 제대로 배우지 못했느냐!"

오자경이 눈을 가늘게 뜨며 훈계하자, 소년의 입이 툭 튀어나오더니 쪼로록 안으로 들어간다.

별 볼 일 없는 이들이라면, 주인께 혼쭐이 나 엉덩짝을 채여 밖으로 쫓겨날 거라고 속으로 으르렁거리며.

그리고 말쑥해 보이는 중년의 사내가 안에서 나오고, 진이현이 자신의 이름을 대며 금오상단에서 온 연락이 없냐고 물었다.

그래, 여기까지도 괜찮았다.

금영전장의 주인은 자신들을 깍듯이 대접하며 안으로 들이고, 차와 다과까지 내어 주며 환대했으니까.

사내는 금오상단에서 급하게 온 전갈이라며 흰 봉투 하나를 이현이의 손에 건네주었고, 장웅과 오자경 자신은 며칠 굶은 사람마냥 과자를 집어먹었다.

아침에도 저 곰 새끼가 밥을 태웠기 때문에 속이 출출한 참이었기 때문이다.

이현이네 아버지가 어디쯤 있는지 확실히 알지 못하는 이현이에게 편지를 보내기 위해 금오상단의 단리 상단주에게 부탁하여 금오상단 휘하의 모든 전장과 상점에 이 편지를 보냈을 걸 생각하면, 과연 무슨 일일까 걱정도 되고, 불안한 마음도 없지 않았지만…….

유청이라면 괜찮을 거란 근거 없는 자신감이 어디선가 샘솟았다.

그래도…….

"이현아, 참아라, 응?"

쿠오오오!

진이현에게서 뿜어져 나온 기운에 사방이 요동치며 잘게 흔들린다.

"야, 이거 비싼 거야! 좀 참아!"

금영전장에서 내어 준 응접실에 장식된 값비싼 물건들을 손과 발로 받아 내며 오자경이 외쳤지만, 진이현의 귀엔 들어가지 않는 모양이다.

……아…… 이놈의 유청이 녀석.

너무 잘 있어서 탈일 줄이야, 꿈에도 생각지 못했다!

"잘 있으면 그나마 다행이지, 안 그러냐?"

자기 마음속에도 없는 말을 하며 오자경이 진이현을 달랜다.

나쁜 녀석.

제 형이 저를 어떤 꼴을 하고 찾아다니며, 마음 졸이고 가슴 아파했는데!

밤에 잠도 제대로 못 자고, 밥 한 술 제대로 뜨는 걸 못 봤다!

그런데 제 녀석은 북경에…… 그것도 경찬이네 아버지네서 호의호식하며 잘 지내고 있다 이거지?

누가 그 내용을 받아썼는지는 모르겠지만, 편지에 쓰인 글자체도 이리저리 삐쭉한 게 상당히 화가 나 있는 것 같다.

물론 내용도…… 이현이 속을 박박 긁는 얘기들로 채워져 있었고.

"혜아가 쓴 건가?"

오자경이 잠시 의심해 본다.

지금은 사부가 된 강수와 함께 진가장에 드나들며 알게 된 단리혜와 유청이의 관계.

  단리혜의 성격으로 보건데 충분히 가능했다.

  "이, 이게 무슨 일입니까?"

  금영전장의 주인이 밖으로까지 새어 나온 험악한 기운에 놀라 안으로 뛰어 들어왔다가 기겁을 한다.

  "그게 말입니다……."

  그나마 이 중 가장 인상이 좋다 자신하는 오자경이 나서지만…….

  "손에 들고 계신 거나 내려놓으시고 얘기하십시오."

  사내의 눈초리가 싸늘하다.

  오자경이 자신의 두 손을 내려다 보니 아뿔싸!

  이현이 녀석의 기운에 흔들려 떨어지던 화병 하나와 용이 조각된 벼루 하나가 들려 있는 게 아닌가!

  "이건 말입니다……."

  열심히 변명하려 했으나 별로 통할 거 같지 않다.

  유청이 녀석 때문이 아니었다면, 여기까지 와서 평생 한 번 볼 일이 있었을지 없었을지 모를 아저씨한테 자신이 도둑놈 취급이나 받는 일은 없었을 것을!

  빠드득!

  진이현 못지않게 이가 갈리는 오자경이었다.

"아가씨, 차 가져왔습니다."

하녀인 초미가 방 밖에서 하는 말에 모용운지가 꽃잎 같은 입술을 연다.

"들어오너라."

초미는 조심스레 아가씨의 방으로 들어가 탁자 위에 차를 올려놨다.

"고맙다."

모용운지의 고운 목소리가 초미의 볼을 발갛게 상기시킨다.

생긴 것도 하늘의 선녀처럼 아름다운 분이 맘씨는 또 얼마나 고운지.

가끔 실수를 하면 추상같이 혼을 내어 눈물을 쏙 빼게 하지만……

실수의 경중에 따라 공평히 일을 처리하고, 한 번 혼난 일로는 두 번 언급하는 법이 없어서 주인으로 모시기엔 최고로 좋은 분이었다.

수를 놓던 모용운지가 붉은 실이 꿰어 있는 바늘을 수틀에 꽂은 뒤 옆으로 치운다.

"근래 들어 밖이 꽤 소란스럽구나. 무슨 일이라도 있느냐."

모용운지의 말에 초미가 눈을 동그랗게 뜬다.

"그 소리가 여기까지 들렸어요? 조심한다고 조심했는

데……."

아가씨는 시끄러운 걸 싫어하셔서 각별히 신경을 써야
했다.

초미가 걱정스런 눈빛으로 모용운지를 본다.

"네 잘못이 아니니 괜찮다. 무엇 때문에 그리 시끄러운
지나 말해 보거라."

볼에 주근깨가 가득 박힌 십 대 후반 정도 나이의 초미가
감사하다는 듯 눈을 찡긋거리며 웃어 보이더니 대답했다.

"포졸부터 시작해서 종종 찾아오는 관리 나리들이 그러
는데, 누굴 찾아야 한다고 하더라고요."

"……누굴 찾아?"

찻잔을 잡으려 하던 모용운지의 섬세하고 긴 손가락이
멈칫한다.

"네. 어떤 여자를 찾아야 한다는데……. 하여튼 그것 때
문에 여기저기를 헤집고 다니나 보더라고요. 근데 이름도
모르고, 얼굴을 그린 초상화 하나 달랑 갖고 어찌 이 넓은
세상에서 사람 하나를 찾을 수 있겠어요."

초미가 고개를 설레설레 젓는다.

모용운지는 굳은 얼굴을 티 내지 않으려 무심한 듯 눈을
내리깔았다.

짙고 긴 속눈썹이 눈가에 그늘을 드리운다.

"누가 찾는지에 대해선 들은 게 있더냐."

"그건 저도 모르지요. 다만 조정의 높으신 어르신께서 크게 도움을 받은 적이 있어서 은혜를 갚기 위해서란 소문이 돌긴 했어요."

모용운지가 흰 이로 지그시 입술을 깨문다.

조정이라니…… 이게 무슨 소린가.

혹시 남궁세가나 모용세가에서 조정에 청탁을 넣은 건 아닐지.

"사사로운 개인의 일로 나라에 속한 사람들을 그리 부리다니, 그 높으신 어른이란 이는 탐관오리가 분명하겠구나."

모용운지의 목소리에 불쾌함이 스며들어 있다.

초미는 자신이 무얼 잘못 말했나 싶어 가만히 모용운지의 눈치를 살핀다.

행여 아가씨께서 자신이 마음에 안 든다 한마디만 하시면, 자신은 아가씨의 개인 몸종 자리에서 쫓겨나야 하기 때문이다.

"이만 됐으니 나가 보거라."

모용운지의 말에 초미가 발을 동동 구르며 불안해한다.

"너 때문에 기분이 상한 게 아니니 마음 쓰지 말거라. 네 차 끓이는 솜씨는 갈수록 좋아지는데, 내가 왜 너를 내치겠느냐."

그녀의 기색을 눈치챈 모용운지가 애써 웃음을 지으며 다독인다.

"감사합니다, 아가씨!"

초미가 얼굴이 환해져 방을 나간다.

문이 닫히고 모용운지 혼자 방에 남자, 그녀의 얼굴에 다시 그늘이 드리웠다.

의자에서 일어난 모용운지가 창가로 가서 문을 연다.

인근에 있는 전각 중에 가장 높은 편인 청아루에서도 상층에 속한 모용운지의 방에선 저잣거리가 한눈에 내려다보였다.

사람들의 활기찬 얼굴과 함께 그들의 삶의 소리가 귀에 파고들자 기분이 조금 나아진다.

"내가 아닐 수도 있고, 나일 수도 있지."

아니라면 좋겠지만…….

자신을 찾는다는 소리가 자신이 있을 거라 절대 예상할 수 없는 이곳까지 들어왔다는 자체가 문제다.

고고한 꽃들이 가득 피어 있어 뭇 기루들과는 다른 청아루라 할지라도, 모용세가의 금지옥엽이 이곳에 있을 거라 상상이나 할 수 있는 이가 얼마나 있을까.

아니, 그 전에 자신의 어머니와 청아루 루주가 친동기 간이나 마찬가지의 깊은 인연이 있었다는 사실 자체를 아는 이가 없을 것이다.

이젠 떠나야 할 때일지도…….

자신이 여기 더 머물다 간 청아루와 사란 이모님께 폐를 끼치게 될지도 몰랐다.

"하아, 어디로 가야 한다?"

모용운지는 새장을 도망친 새다.

이곳에 날개를 접고 잠시 쉬었다가 자신의 하늘을 찾아 날아가려 했지만, 남궁세가와 모용세가의 손길이 미치지 않는 곳은 어디에도 없는 것처럼, 빠져나갈 길이 보이지 않았다.

끼익.

조용한 가운데 문 여는 소리가 들리고, 모용운지의 등 뒤에서 인기척이 느껴졌다.

"무얼 그리 보고 있니."

"그냥요. 바람이 시원해요, 이모님."

모용운지가 안색을 고치고는 몸을 빙글 돌려 사란을 보며 웃었다.

뒤로 뻗어 창틀에 기대 있는 운지의 두 손이 하얗게 질려 바들바들 떨리지만, 다행히 사란은 자신이 본 걸 내색하지 않을 수 있는 노련함이 있었다.

"그냥은 무슨. 그 사내를 생각하고 있었던 게 아니고?"

사란의 말에 모용운지가 새침하게 고개를 돌린다.

"이모님도 참! 그럴 리가 있겠어요?"

"애는. 모르는 척하지 말거라. 네 마음에 대해선 네가 가장 잘 알게 아니냐."

사란이 모용운지에게 다가간다.

진한 분향이 코끝을 스치며, 나풀거리는 얇은 비단 쓸리는 소리가 사각거린다.

마흔에 가까운 나이의 사란이었으나, 그녀는 여전히 매력적이고 아름다웠다.

농염하게 뿜어져 나오는 향기와 교태를 부리는 눈웃음은 젊은 여인들의 풋풋함과 비교하여 절대 뒤처지지 않았다.

"정말 아니에요."

모용운지가 고개를 돌려 아래를 내려다보며 힘없이 대답했다.

그 사람에 대한 기억은 애써 지웠다. 떠오를 때마다 수를 놓거나 다른 일에 열중했더니, 벌써 만들어 놓은 게 구석에 수북이 쌓였다.

"그것도 아니라면, 우리 어여쁜 조카님이 왜 이리 얼굴에 수심이 가득할까."

사란이 모용운지의 어깨에 손을 올리며 얼굴을 가까이했다.

일개 기녀에서 이름 높은 청아루의 루주가 된다는 게 쉬운 일이었을 리 없겠지만, 그녀는 해냈다. 그로 인해 향기를 맡으면 죽을 수도 있는 위험한 난초라 하여, 이름도 사란이 됐다.

하나 그런 그녀라도 피가 섞이지 않은 조카, 모용운지 앞에선 걱정 많은 평범한 여인이 된다.

사란은 언니가 그랬듯 딸인 운지 또한 가문을 둘러싼 이해관계에 얽혀 인생을 망치고, 슬픈 삶을 살게 되는 꼴은 절대 보고 싶지 않았다.

"이모님, 저는 이제 여길 떠나야겠어요."

"어디로 가려고? 갈 곳은 정했고?"

사란이 놀라지 않고 되묻는다.

"저는 무공도 제법 세고, 머리도 나쁘진 않아서 어딜 가서든 잘 지낼 수 있을 거랍니다."

모용운지가 부드럽게 웃는다.

종종 스스로의 성격이 그리 살갑지는 않다고 생각했었는데, 사실 그렇지 않았다.

그걸 모용세가를 나온 뒤에야 알게 됐다.

거기서는 정을 베풀고, 또 그 정을 돌려받아 마음을 따스하게 데워 줄 이가 하나도 없었기 때문에 그랬을 뿐이란 걸……

"우리 청아루와 나의 대접이 신통치 않았던 게냐?"

"절대 아니에요!"

모용운지가 놀라서 목소리를 높인다.

사란은 모용운지를 위해 정말 많은 신경을 써 줬다.

갑자기 찾아온 그녀를 뒷일 따지지 않고 받아들여 지낼 곳을 내어 주었다. 그리고 주변 사람들에게, 먼 친척으로 귀한 가문의 금지옥엽이니 괜히 시끄럽게 하며 인연을 만들 생각일랑 애당초 버리라고 단단히 주의를 주었다.

그뿐인가. 성격은 유쾌하고 제 주인에겐 수다스럽지만, 밖에선 입이 무거운 개인 몸종을 붙여 주어 모든 걸 돌봐 주게 했다.

"이모님께서 보여 주신 마음과 은혜는 제가 평생 갚아도 다 갚기 힘들 정도입니다. 그러니 그런 말씀은 말아 주세요."

모용운지는 진심이었다.

사란이 그런 모용운지를 보며 붉게 칠한 입술 사이로 나직하게 한숨을 내쉰다.

"……널 만나러 오는 길에 초미가 네 방에서 나오더구나. 날 보더니 화들짝 놀라는 모습이 미심쩍어 캐물었더니, 네게 하지 않아도 될 말을 한 거 같더구나."

이모님은 다 알고 오셨구나. 자신이 무슨 생각을 하는지, 앞으로 어떻게 할지에 대해서.

모용운지가 씁쓸한 미소를 짓는다.

"나도 조정의 핵심에 있는 나리가 왜 그런 지시를 내렸나 궁금하기도 하고, 그분이 누굴까 하여 여기저기 알아봤더니만…… 형부상서 이청강 어르신이라 하더구나."

청아루는 아름다운 꽃이 많기로 유명하고, 꽃을 탐하는 나비들의 발길이 끊이질 않는 곳이니, 청아루주 사란은 각

계각층의 사람들과 선이 닿아 있었다.

거기다 수완 좋기로 유명한 사란이다 보니, 그리 어렵지 않게 이번 일의 배후에 대해 알아낼 수 있었다.

"형부상서? 이청강이란 이름은 처음 들어 봅니다."

"나도 개인적으론 알지 못한다. 하나 그분이 찾는 사람이 운지 너라면, 남궁세가나 모용세가의 일과는 다른 이유가 있을 거라 생각한단다."

이청강은 매사 공평하고 사리가 바른 관리로 유명했다. 무림과의 접점도 없고, 옳지 않은 청탁이 들어왔다 하여 제 손을 움직일 부패 관리도 아닌 것이다.

"하나 저는 그분은 물론, 그분과 연관되는 이도 전혀 알지 못합니다."

모용운지가 고개를 젓는다.

"그래, 그러니 이상한 게지. 들은 바대로라면 쓸데없는 일은 절대 할 리가 없는 분이 그런 일을 벌이고 있으니 말이다."

게다가 사사로운 일로 나라의 인력을 사용할 순 없으니, 부탁을 겸하여 성문을 지키는 병사나 성내 경비를 맡은 포졸들이 우연히라도 초상화의 인물을 발견하거나, 쉬는 날을 이용해 찾아내게 되면, 개인적으로 사실을 확인하고 사비를 털어 두둑한 포상금을 내리겠다는 언질까지 했다 하니 더 의아하다.

"혹시 모르겠구나. 운지 네게 첫눈에 반한 이가 형부상서댁 어른의 주변에 있을지도."

상사병에라도 걸려 앓아누워 오늘내일한다면야, 오히려 이 일이 어느 정도는 이해가 가지 않겠나.

사란이 입을 가리며 웃는다.

분위기가 가라앉지 않게 하기 위해 일부러 가볍게 농을 건네는 거다.

사란의 마음을 모를 리 없는 모용운지가 마주 웃으며 눈가를 휜다.

"자, 오해나 하여 네 마음도 몰라준 무정한 사내놈일랑은 이제 잊어버리고, 다른 데 눈을 돌려 보자꾸나. 얼른 괜찮은 녀석 하나 골라서 시집이라도 가 버리면, 네가 탐탁지 않아 하는 남궁세가의 대공자도 널 포기할 테고. 그래야 네 아버지도 널 찾길 그만두지 않겠니."

사란은 일이 그렇게 잘 풀리긴 어려울 거란 걸 알았지만 모른 척한다.

운지가 다른 남자를 만나게 되면, 남궁세가의 대공자라는 남궁민은 분명 그 남자를 죽이려 들 게 뻔했다.

남자에 대해 잘 알지 못하는 운지는 눈치채지 못했겠지만, 이 아이가 한 말로 미루어 보건데, 진이현이란 청년과 얽힌 일로 인해 남궁민은 자존심에 크게 상처를 받은 듯했다.

특히나 그가 선물로 주겠다던 단검을 운지가 거절했을 때, 살기마저 느껴질 정도였다 하지 않았던가.

그처럼 자존심 강한 남자였다면, 운지가 처음에 깨끗하게 거절했다면 오히려 쉬이 물러나 뒤도 돌아보지 않고 가 버렸을 것이다.

하지만 운지는 그의 자존심을 건드렸다. 뒤틀리면 원상태로 펴지기 어려운 남자의 자존심은 간혹 사소한 것에서 시작되어 점점 번져 나간다.

운지에게 지금 상황은 별로 좋지 않았다.

하나 그렇다고, 이렇게 아름답고 고운 아이가 평생 숨어만 살 수도 없는 노릇이고, 청아루에 처박혀 시들다가 자신처럼 험난한 인생에 물들어 노류장화가 되는 꼴을 볼 수도 없지 않은가.

상황을 변화시키려면 때론 극단적인 선택이 필요하다는 걸 사란은 인생의 고비마다 여러 번 경험했다.

그리고 그 결과가 나쁘지 않다는 건…… 아직까지 살아 남아 청아루의 루주가 된 자신을 보면 알 수 있다.

"에이, 괜히 그 얘길 했나 봐요. 이렇게 매번 절 놀리실 줄 알았다면 안 하는 건데."

모용운지가 뽀로통하게 입을 내밀며 사란을 흘겨본다.

"난 놀리는 게 아니라 진심인데?"

사란이 턱을 치켜들며 눈을 내리깐다.

하지만 입가가 빙그레 말려 올라가 그녀의 장난기를 알아채게 한다.

"칫, 다 알아요, 놀리시는 거면서. 이모님 나빠요!"

운지가 픽 고개를 돌려 창밖으로 시선을 준다.

살면서 한 번 안 해 봤던 어리광을 여기 와서 부려 본다.

일찍 돌아가신 어머니를 대신해 저분이 계셔서 자신이 얼마나 기쁘고 고마운지…….

이모님께선 아실까?

운지가 두 손을 쭉 펴며 기지개를 편다.

살랑거리며 창문 밖에서 들어오는 청량한 바람이 속을 시원하게 해 준다.

그래, 이모님 몰래 청아루를 나서자.

저분께서 주신 마음이 이리도 고마운데, 절대 해가 될 일은 하지 말아야지.

그렇지 않아도 앞으로 어쩌나 고민하던 차에, 초미에게 들은 이야기가 모용운지의 등을 떠민다.

고위 관직에 있다는 이가 찾는 사람이 자신이 아닐 수도 있지만…… 그로 인해 자신을 찾는 다른 이들이 떠오르고, 불현듯 걱정이 된 것이다.

여기만 숨어 있으면 자신을 찾을 수 없을 거라 여겼지만, 사실 사람이 제 흔적을 완전히 지울 수 있는 방법은 없다.

한 줌 재가 되어 사라질지라도…….

누군가는, 그 재가 뿌려진 곳까지 자신이 걸어왔던 걸음을 하나하나 세고 재어, 바람을 타고 흘러간 흔적을 눈에 담겠지.

타인의 기억에 존재하는 한 자신은 완전히 지워질 수 없다.

그 기억이 계속해서 전해지고 전해진다면…….

죽어도 몸을 가릴 수 없는데, 살아 있다 하여 완전히 숨어 버릴 수 있을 거란 생각 자체가 말이 안 됐다.

그렇다면 자신은 당당하게 저 사람들 속에 섞이리라.

모용운지가 맑은 눈망울로 세상을 바라본다.

그리고…….

"북경으로 가야겠다."

진이현이 금영전장을 나서며 한 첫 말이다.

"네 아버님께서 길이 엇갈릴 수도 있으니, 진가장으로 돌아가 있으라 하셨잖아?"

오자경이 조심스레 말한다.

진이현은 당장이라도 북경으로 뛰어가 동생이 무사한지, 다른 일이 있는 건 아닌지 제 눈으로 확인하고 싶었다.

가슴속에 그들먹이 차오르는 동생을 향한 배신감과 걱정, 불안, 안도가 혼란스럽게 뒤섞인다.

제대로 혼내 본 적도 없이 귀여워만 하고 아끼기만 했던

그 아이에게, 처음으로 큰소리를 낸 게 유청이가 무림학관
에 가겠다고 했을 때였다.

그때 보내지 말 것을.

속 썩인 적이 없이 맑고 밝기만 하던 아이가 거기 가서
무슨 일이 있었기에 가출이란 극단적인 선택을 한 건지, 진
이현은 내내 그게 마음에 걸렸었다.

그렇게 걱정이 됐으면 진작 무림학관에 가서 녀석을 데
려올 것을.

잘 지내나 한 번 확인이라도 할 것을.

그랬으면 이곳에 서서 이리 망연자실 서 있진 않아도 됐
었을 텐데.

진이현이 한숨을 내쉬며 고개를 젖혀 하늘을 보려는
데……

둘의 시선이 맞부딪친다.

한 명은 위에서 아래로.

또 다른 한 명은 아래에서 위로.

서로 자신들이 잘못 본 건 아닌지 가만히 정신을 일깨운
다.

전혀 예상치 못한 곳에서 우연히 마주친 진이현과 모용
운지.

모용운지가 어깨를 가늘게 떤다.

이번이 세 번째. 이 넓은 세상에 저 사람과 자신만 있는

게 아닌데도 또다시 우연히 눈이 마주쳤다.

"운지야, 왜 그러느냐?"

사란이 운지의 가냘픈 등이 경직돼 딱딱하게 굳는 걸 보고 의아해하며 다가갔다.

"이현아, 네가 충격받은 건 이해하지만, 그렇다고 하늘만 올려다본다고 무슨 수가 나오는 건 아니잖아. 그냥 하남 진가장으로 돌아가서, 아버님께서 유청이 녀석의 귀때기를 잡아당겨 끌고 오시길 기다리자. 그게 지금으로선 제일 나은 방법이야."

오자경이 어깨로 진이현을 툭 치며 말하지만, 대답이 돌아오지 않는다.

"뭘 그리 열심히 봐?"

하늘에 꿀이라도 발라 놨냐? 아니면 그만큼 이 얼음덩이가 충격을 먹은 건가 하고 고개를 들던 오자경의 눈이 휘둥그레진다.

"오오, 날 보고 웃는 건가, 저 누님?"

오자경이 화사하고 농염한 미인을 보고 손을 흔들…….

"엥?"

누님 옆에 왠지 낯익은 미인이 보인다.

오자경 자신의 취향은 아니었으나, 분명 눈에 띌 만큼 아름답고 차가운 얼굴.

"운지야, 저 셋 중 누구더냐? 혹시 기생오라비처럼 생겨서 날 보고 손을 흔드는 녀석은 아니겠지?"

사란이 오자경을 향해 손을 마주 흔들며 옆의 모용운지에게 묻는다.

이미 운지의 시선이 쏠린 청년이 누구인지 한눈에 알아볼 수 있었지만, 확인해 보는 거다.

"아무도 아니에요."

모용운지가 입술을 지그시 깨물며 대답한다.

두 번째 만남이 있었던 그날, 자신의 눈을 그가 차갑게 피했던 게 떠올라 가슴이 자꾸 따끔거린다.

이번엔 자신이 먼저 외면해 주리라.

모용운지가 단단히 마음먹고 있는데…….

진이현과 오자경 뒤편에 혼자 멀뚱히 섰던 장웅이 모용운지가 있는 화려한 전각 입구에 달린 커다란 현판에 시선을 준다.

여기가 뭐하는 곳이지?

평범한 객잔이라고 하기엔 너무 번쩍거린다.

장웅이 휘황찬란한 금박을 입힌 글자를 한 자, 한 자 읽어 내렸다.

"청아…… 루?"

읽은 장웅도 놀랐지만, 진이현과 오자경에 비할 바가 아니다.

특히나 진이현은 장웅의 목소리가 들리자마자, 그가 시선을 주고 있는 곳으로 눈길을 돌려 스스로 재차 확인한다. 장웅이 잘못 말한 건 아닌지 하고.

진이현의 눈동자가 크게 흔들린다.

위에서 내려다보던 모용운지도 당황하여 어쩔 줄 몰라 했다.

"어쩌니? 또 오해를 사게 생겼구나."

사란이 혀를 찬다.

사란 스스로야 자신의 직업에 대해 한 번도 부끄러운 마음을 가진 적이 없고, 뭇 사내들의 애간장 태우는 걸 즐기며 이용했지만, 자신의 조카는 다르지 않나.

집안 사정이나 야망, 혹은 욕망으로 인해 이곳에 머무는 게 아니라, 잠시 얼굴을 감춘 채 숨어 있을 곳이 필요했을 뿐인 것을.

사란은 진이현이란 청년이 그다지 마음에 들지 않았지만, 여러 번 들은 얘기로 모용운지가 그에게 관심이 있다는 건 알았다.

겪어 본 바론 운지가 말을 그리 쉽게 하거나 가벼운 아이도 아니었고.

어차피 앞으로 극단적인 선택을 해야 한다면…….

이왕이면 아이가 잠시나마 행복해할 수 있는 편이 낫지

않을까?

후에라도 언제고 그 추억을 꺼내 보며 버틸 수 있도록.

게다가 사란 자신이 남자 보는 눈 하나는 있다 자신하는데, 짙은 눈썹에 차가운 검은 눈동자가 인상적인 저 청년에게서 풍겨 나오는 기도가 쉽게 보기 어려운 거란 건 확실해 보였다.

모용운지가 창백하게 질린 얼굴로 진이현을 내려다보고 있는데, 진이현이 먼저 고개를 돌리려 한다.

그때처럼.

그리고 친구들과 함께 가던 길을 가려 한다.

그녀를 보지 못한 것처럼.

하지만…….

"이봐요, 청년들. 잠시 들어오는 게 어때요? 내가 술 한 잔 내도록 하지요."

사란이 나긋하지만 충분히 그들에게 들릴 정도로 창밖을 향해 큰 목소리로 외친다.

"저요?"

걸음을 멈춘 오자경이 검지로 제 가슴을 가리키며 화사한 누님인 사란을 올려다본다.

"네. 잘생긴 공자와 다른 친구 두 분 모두. 제가 한잔 크게 대접하지요."

사란이 어서 오라는 듯 상체를 창밖으로 내밀며 환영한

다는 듯 두 손을 펼쳐 보인다.

"이모님!"

모용운지가 너무 놀라 사란의 팔뚝을 잡는다.

"괜찮다. 나처럼 예쁜 아줌마는 가끔 주책 좀 부려도 돼. 넌 가만히 보고나 있어라. 이따가 내 저 얼음덩이처럼 싸늘한 청년을 네 앞에 앉혀 줄 테니까 일단 갑갑한 오해나 풀고. 그래도 마음에 들지 않으면 내보내려무나. 어차피 다시 안 볼 사람이라면, 그깟 오해가 대수겠니."

사란이 한쪽 눈을 찡긋거렸다.

모용운지는 일이 어떻게 돌아가는 건지 알 수가 없어 머리가 복잡해진다.

밑에선 작은 소요가 일며, 잠깐만 저 누님 좀 보고 가자는 오자경은 물론이요 장웅까지 진이현에게 들러붙어 떨어지지 않는데…….

돌고 도는 세상을 잇는 조밀하고 복잡한 실타래 속의 처음과 끝이 맞붙어 이어지는 한 줄기의 실처럼, 진이현과 모용운지 두 사람은 이것이 우연이 아닌 운명임을 아직은 알지 못했다.

第九章

황궁의 진유청!

"푸헤헤헤! 정말 그랬다니까요?"

진유청이 연방 웃음을 터트리며 수다를 떤다.

"그토록 어린 나이에 참으로 대단하구나."

황후마마께선 뭐가 그리 신기하신지 눈을 동그랗게 뜨고 감탄하시고…….

"……홍, 사내가 체통 없이 경망스레도 웃는구나."

서희는 차갑게 핀잔을 주면서도 다음 얘기가 궁금한지 그만하란 소린 안 한다.

"하여간 그 뒤가 더 가관입니다. 채환이와 함께 객잔 침상에 누워 잠을 청하려는데…… 밖에서 자꾸만 소리가 들리는 겁니다. 수군수군…… 수군수군……."

진유청이 어깨를 움츠리며 음산한 목소리를 내리깔며 분위기를 잡는다.

"그날 달빛이 어슴푸레 방 안을 흐릿하게나마 비춰 줘서 망정이지…… 종이를 대충 발라 만든 방문 밖으로 사람 윤곽이 그림자처럼 시커멓게 어른거리는데 말입니다……. 아이쿠나, 심장이 콩닥콩닥!"

진유청이 잠시 말을 끊으며 뜸을 들이자, 황후와 서희 공주가 마른침을 삼켰다.

"그래서 어떻게 됐는데?"

기다리다 못 한 서희 공주가 재촉한다.

"밖에 서 있는 사람 손에 뭔가 들려 있는데, 어둠에 익숙해진 눈으로 유심히 살피니 바로 제 머리통만 한 식칼이 아니겠습니까!"

서희 공주의 눈이 저도 모르게 진유청의 머리통으로 옮겨진다.

저만한 걸 사람이 들 수 있을까?

"흠, 흠."

진유청이 목을 가다듬으며 서희 공주의 관심을 다른 쪽으로 돌렸다.

"전 어쩌나 하고 가만히 있었는데, 갑자기 채환이가 벌떡 몸을 일으키더니 저를 창문 밖으로 냅다 던지고, 제 녀석도 뛰어내리는 겁니다! 쿠당탕 소리가 나니, 밖에 있던

놈들은 안으로 들이닥치고 우린 정말 꽁무니가 빠져라 도망
쳤지요."

……사실 채환이가 우악스럽게 자신을 내던진 것까진 사
실이었지만, 자신들은 그 후 도망가기는커녕 맞서 싸웠다.

그냥 도적들만 됐어도 그렇게까진 하지 않았겠지만…….

"애초에 뭔가 이상하긴 했습니다. 그러니 그렇게 피곤하
고 일이 많았던 날 밤에 눕자마자 곯아떨어지지 않고 버티
고 있었지요. 무슨 객잔 허드렛일을 한다는 하녀의 손이 굳
은살 하나 없이 희고 고운지, 점소이란 녀석은 손님을 위아
래로 훑어보며 값을 매기고. 나중에 도망친 후 채환이랑 얘
기하길, '아, 여기가 바로 저잣거리에서 주워들었던 사람
잡아먹는 객잔이구나!' 했지요."

"정말 큰일 날 뻔했구나."

황후가 조마조마했던 가슴을 쓸어내린다.

어찌나 긴장했는지 손에 식은땀이 촉촉이 배어 나왔다.

서희도 티는 안 내려 애쓰지만 크게 놀란 건 마찬가지인
듯하다.

"대체 거기가 어디냐! 당장 병사들을 보내 백성들의 삶
에 해를 끼치는 버러지 같은 놈들을 쓸어버려야겠다!"

황태자 주태민만이 놀라기보단 화를 내며 두 눈에 불을
켰다.

"가 보셔도 소용없을 겁니다. 저희가 도망치고 얼마 안

있다가, 무림인들에게 수작을 부렸다가 죗값을 받았다고 들었거든요."

"흐응."

진유청의 대답에 주태민이 눈을 가늘게 뜬다.

무림인들이라 이거지?

남의눈에 신경을 많이 쓰는 그들은 간혹 협행을 표방하여 산적 토벌이니 탐관오리에게 벌을 주느니 하며 민심을 자극하지만, 실상 알고 보면 제 녀석들이 가장 나라의 안정과 치안 유지를 불안정하게 하고 있었다.

법은 법대로, 그것을 집행하는 것은 나라의 일.

힘만 믿고 날뛰는 무도한 것들이 한 나라가 유지되고 이어져 나가는 데 필요한 법칙과 규율에 대해 짐작이나 할까.

황제이신 아바마마께서 그들로 인해 고심하시는 까닭이 다 있는 거다.

"태자 전하, 왜 그러십니까?"

팔짱을 낀 채 혼자 생각에 잠겨 있는 주태민이 불안했는지 이경찬이 슬쩍 운을 뗀다.

"그냥. 그런데 저 뺀질대는 녀석은 왜 따라와서 내 궁을 시끄럽게 하고 있지? 난 부른 적도 없는데 말이다."

이경찬이야 앞으로 자신의 곁을 지킬 녀석이니 당연한 거고, 나채환은 마음에 드는 바가 있어 따로 초대한 거지만……

주태민의 눈이 진유청을 향하자, 진유청의 양 입꼬리가 삐죽 솟구친다.

……다 보인다, 억지로 웃는 거!

주태민이 눈가를 찡그리자, 진유청이 고개를 돌려 황후를 향해 말한다.

"태자 전하께서 저번에 '재미있는 일'에 끼어 주셔서 감사하는 마음으로 인사를 하러 온 참인데, 아무래도 제가 온 게 마음에 들지 않으시는 모양입니다."

저놈이!

어마마마께서 굳이 아시지 않아도 될 일을 입에 담는 진유청을 주태민이 죽일 듯 쏘아본다.

진유청은 주태민의 시선을 고스란히 받아치며 어깨를 축 늘어트리고는 시무룩한 티를 팍팍 냈다.

"지금도 저리 화를 내시는 걸 보면, 제가 와선 안 될 자리에 와 있는 게 맞나 봅니다. 저번에만 해도 화통하게 웃으시며 제게 재밌는 걸 가르쳐 줘 고맙다 인사까지 하셨던 분이……."

시종 활기차게 분위기를 주도하던 진유청이 눈을 내리깔고 정말 서운한 듯 말하자, 황후가 희미하게 눈살을 찌푸린다.

얘길 들어 보니, 성정이 급하고 차가운 구석이 많은 주태민이 제법 마음에 들어했나 본데, 갑자기 또 변덕을 부려 아이를 곤란케 하는구나 싶었던 것이다.

"태자, 손님에게 그 무슨 무례한 행동이더냐."

"어마마마, 저 녀석은 손님이 아닙니다."

주태민이 냉랭히 대답한다.

"손님이 아닌 거 맞습니다, 황후마마. 그러니 화내지 마세요. 전 괜찮습니다!"

진유청이 황후를 말리며 눈을 크게 뜬다.

진실을 말하고 있으니, 진유청에겐 조금의 거리낌도 없었다.

진유청의 맑고 선기가 느껴지는 검은 눈동자가 황후의 마음을 안쓰럽게 했다.

"경찬이의 친구라 했느냐?"

"네, 마마."

진유청이 공손히 대답한다.

"종종 놀러 오너라. 다음번엔 태자의 궁이 아닌 내 궁에도 들르도록 하고. 네 얘기가 거기서 끝이 아닌 것 같으니, 백성들은 어떤 삶을 사는지, 세상엔 어떤 이야기가 돌고 있는지 듣고 싶구나."

황후는 며칠 전 태자의 궁이 소란스러웠고, 그 뒤로 태자의 궁을 찾는 이가 늘었단 얘기를 들었다.

알아보니 둘 다 북경 세도가의 자식은 아니고, 그중 한 아이는 출신이 불분명하고, 다른 한 아이는 가출을 한 상태라지 않는가.

그래서 대체 어떤 아이들인지 확인하려 들른 차였고, 직접 본 아이들은 황후의 우려를 말끔히 씻어 낼 만큼 괜찮았다.

무엇보다 나이에 맞게 밝고 건강하지만, 말하고 생각하는 게 통찰력이 있고, 분위기를 조절할 줄 아는 능숙함 또한 갖춘 게 아닌가.

"어마마마도 참. 왜 자꾸 황궁으로 저런 녀석들을 들이시는 거예요."

서희 공주는 마음에 들지 않았는지 새침하게 눈을 흘기며 진유청과 나채환을 쏘아봤지만, 조금이라도 아랑곳할 그들이 아니다.

얘긴 실컷 잘 들어 놓고 이제 와 딴소리네.

진유청이 속으로 구시렁대며 서희 공주를 향해 말했다.

"공주마마, 저는 이토록 아름답고 총명하신 공주마마를 뵙게 된 게 너무나 반갑고 영광스러운데, 공주마마께선 저와 나눈 잠깐의 시간이 그토록 불쾌하셨을 거란 생각은 못 했습니다."

진유청의 말에 서희가 움찔하지만, 도도하게 세운 콧대를 내리진 않는다.

"알면 됐다!"

서희가 쌀쌀맞은 목소리로 말하고는 고개를 휙 돌렸다.

"네 혓바닥에 기름칠이 다한 모양이구나."

주태민이 동생에게 잘했다 속으로 칭찬을 하며 진유청을 구박하지만, 진유청이야, 뭐.

"다음엔 기름칠을 좀 더 하고 오겠으니, 한번 봐주십시오, 공주님."

아쉬운 건 자신이니 느물거리며 넘어가 준다.

사실 진유청 자신이야말로 '다신 오지 않겠어!' 라고 외쳤던 황궁에 제 발로 걸어오고 싶었겠나.

하나……

지랄산에서 본 산삼을 캐야 하나, 말아야 하나의 고민 사이에서, 절로 이곳으로 발걸음이 향하는 걸 어쩌라고!

게다가 그것만이었으면 왼발로 오른쪽 발등을 찍기라도 했으련만……

"다음이라니……. 경찬이 얘기로는 네 본가에서 널 찾으러 사람들이 오고 있다 하던데. 더 볼일은 없는 게 아닌가?"

주태민의 말에 진유청이 처음으로 이마에 주름을 잡았다.

흐윽. 아픈 곳을 찌르다니.

자신은 사실, 이가장으로 온 아버지를 어떤 얼굴을 하고 봐야 할지 알 수가 없어 도망치고 있는 중이기도 했다.

황태자가 윽박지르거나 큰소리 내지 않고 또래 아이들과 어울려 이야기를 나누는 모습에, 황후가 입을 가리고 웃는다.

"난 이만 가 볼 테니, 마저 이야기를 나누거라."

황후가 일어나자 정원 탁자에 앉아 있던 이들이 모두 분분히 일어났다.

"나도 어마마마와 함께 갈래요."

서희가 황후의 소맷자락을 붙잡는다.

그녀의 눈이 이경찬을 일별하지만, 시선은 닿기가 무섭게 스쳐 지나갔다.

서희는 황후와 함께 태자의 궁을 나서며 잠깐 고개를 돌렸고, 이경찬이 서운한 표정을 짓고 있는 걸 본 후에야 입가에 작은 미소를 담은 채 황후를 올려다보며 종알종알 수다를 떨기 시작했다.

저번에 오라비에게 크게 당한 게 있어 태자궁으론 오지 않으려 했지만, 눈 딱 감고 어마마마를 따라오길 잘했단 생각이 든 게다.

황후는 딸을 사랑스럽다는 듯 바라보며 딸아이의 이야기에 열심히 귀 기울였다.

제 핏줄끼리도 음모와 모략이 판치는 황궁에서 보기 힘든 아름다운 광경이고, 황태자가 제 어미인 황후의 말만큼은 따르는 척이나마 할 수밖에 없는 이유이기도 했다.

"안녕히 가세요! 다음에 또 뵈어요!"

진유청이 황후와 공주의 뒷모습이 보이지 않을 때까지 열렬히 손을 흔든다.

이것은 다분히 의식적인 행동이라 할 수 있었는데, 등짝에 틀어박히는 주태민의 칼날 같은 시선이 너무 따끔거려 모르는 척하기가 어려웠기 때문이다.

"하하! 이제 나도 돌아가 볼까?"

혼잣말을 중얼거린 진유청이 고개를 돌리다가 주태민을 슬쩍 건너뛰더니 이경찬을 향해 말한다.

하나 주태민이 그냥 넘어갈 리가 없다.

"너, 아주 흙으로 돌려보내 줄까?"

너무 진심인 것 같아 진유청의 등줄기에 소름이 쫙 끼쳤다.

그런 가슴 떨리는 친절은 베풀어 주지 않아도 좋은데……

"뭐 주워 먹을 게 있다고 황궁을 기웃거리는지 말하라. 그러면 넘어가 주마."

주태민의 말에 깜짝 놀란 진유청이 속으로 외친다.

역시 용 새끼!

"그래, 죽을 곳으로 끌려가는 강아지처럼 끙끙거리면서 안 오려던 사람이, 갑자기 찰떡처럼 내 등에 달라붙어 황궁 출입을 하는 것 자체가 이상했어."

이경찬도 끼어든다.

……자신이 너무 티가 났던 건가?

진유청이 입맛을 다신다.

"네 녀석 때문에 양효림은 물론, 윤경도 태자궁에 발길을 딱 끊었다. 앞날이 창창하던 아이들이 꽤나 충격을 받아 피폐해진 모양이더구나. 나라의 큰 인재들을 말도 안 되는 짓거리로 그렇게 만들었으면 보상을 해야지."

뭐로든 간에.

주태민의 말에 나채환은 속으로 생각했다.

역시 재앙. 북경의 황궁이라고 그냥 지나치진 않는구나 싶다.

당연한 듯 받아들인 나채환에 비하면, 진유청은 기가 막혀 입이 떡 벌어질 정도로 충격을 받았다.

일은 자기가 만들어 놓고, 뒷수습은 딴사람한테 맡기고, 거기다 더해 피해 보상까지 하라는 심보가 정말 고약하지 않은가.

물고기를 용으로 키워 내려는 소소한 꿈을 가진 자신과는 비교가 안 될 만큼 악독한 장사꾼인 것이다.

그리고 자신은 악독한 장사꾼인 걸 앎에도 불구하고 저 사람에게서 물건을 사야만 하는 처지다.

불리하지만 어쩔 수 없이 선택을 해야 할 때.

"사실 저번에 황궁에 처음 왔을 때 말입니다. 그때 집에 가려고 황궁을 나서다가 웬 사내와, 그의 손을 잡고 있는 저희보다 조금 어려 보이는 아이 하나와 마주쳤습니다."

주태민이 계속 해 보라는 듯 턱짓을 한다.

"그런데 그 아이 하나가 계속 눈에 남아서 말입니다. 어디서 본 것 같은데 기억이 나지 않고…… 뭔가 중요한 일인 것 같았는데……."

"그 정도 일로 반기지도 않는 황궁 출입을 하기 시작했다고? 말이 되나."

"하나 마음에 걸리는 걸 어쩝니까. 게다가 그 사내……그 사내도 분명 뭔가 있었는데."

진유청이 황태자의 호기심을 자극한다.

"중년의 사내라……. 그런 이가 황궁에 한둘인가. 경찬이 너도 모르는 이더냐?"

주태민이 이경찬을 향해 묻는다.

웬만한 고위 관리라면 경찬이가 알아봤을 게다.

"처음 보는 분이었습니다. 인상이 아주 부드럽고 사리가 밝아 주위에 사람이 많이 모일 것 같은 분이었지요. 아, 폐하께서 기다리신다며 대전으로 가는 중이었다 했습니다."

이경찬이 기억을 더듬는다.

"흐음. 내가 아는 사람 중엔 그런 사람이 딱 한 명밖에 없는데 말이야."

"누군데요?"

진유청이 눈을 반짝인다.

주태민이 얄미운 진유청에게 말을 해 줄까 말까 하다가 크게 선심을 쓴다.

"내 의숙부님. 환성 의숙부가 겉보기론 딱 그런 사람이지."

황제 폐하를 기다리게 할 수 있는 얼마 안 되는 사람이기도 했고 말이다.

"아! 얼마 전 경찬이가 얘기해 줬던 그분 말입니까?"

특별히 자신에게 얘기해도 좋다 허락까지 했다니, 진유청도 스스럼없이 입에 담는다.

"그래, 그분. 연이상단의 일이 일이 꽤나 잘 진행되는지, 폐하께서 요즘 기분이 좋으셨지."

무림맹 놈들은 다 멍청이인 건지 빤히 날카로운 바늘이 속에 들은 걸 알면서도 덥석 미끼를 물었다. 환성은 계속해서 그들에게 먹이를 주며 서서히 길들이는 중이었다.

그에 대해 탐탁지 않아 하는 주태민으로선 딱히 기분 좋은 일이라곤 할 수 없었다.

"다 그 꾐에 빠진 건 아닙니다."

진유청이 어깨를 으쓱거린다.

동심회를 비롯하여 그와 연관된 세 문파는 환성이 이끄는 연이상단의 제의를 거절했다.

물론 그로 인해 받는 압박이 상당하다곤 하지만……

경찬이 아버지 말에 의하면, 나름대로 잘 버티고 있는 모양이라 했으니 괜찮을 테지.

"내 입장에선 어느 쪽이건 간에 그리 달갑지 않다. 무림인이란 존재 자체가 법을 위태롭게 하는 무도한 자들이니."

무림맹이니 혈사방이니 하는 것들 모두가 황제 폐하의 백성임에는 틀림이 없음에도 불구하고, 황제의 명을 따르지 않고 오직 자기들의 사사로운 일로 전쟁을 하고 피를 흘리니…….

"너는 꽤나 친구가 많다지? 그들을 데리고 황궁에 몸을 의탁한다면, 내 기꺼이 받아 주마. 무림의 일에 관여하여 쓸데없이 휘말릴 필요도 없고, 오직 나라와 황제 폐하께만 충성하면 되니 더할 나위 없이 좋을 것이다."

주태민의 제안에 진유청이 머릴 긁적인다.

왜 이렇게 오라는 데가 많아?

학관에 있을 땐 소림 방장님이 자신들에게 동심회를 의탁하라, 날개를 달아 주마 제안을 했는데, 이번엔 황태자가 황궁으로 오라며 보호를 약속하는군.

어쨌거나 자신이 해야 할 대답은 그때와 다르지 않다.

"얘기만으로도 감사합니다."

속 알맹이는 거절하겠지만.

"흐응. 후에 후회하지나 말거라. 무림이 피바다가 된 이후에 말이다."

주태민의 말이 섬뜩하다.

그가 얘기한 게 진실이라 더 그렇게 느껴지는 모양이다.

진가장 혈겁과 더불어 불귀곡 혈사가 차례대로 일어난 무림은 정말 피바다에 잠겼다 해도 좋을 만큼 많은 피를 흘렸으니까.

"그런 일은 없을 겁니다."

그때 자신이 무엇을 잃었는지 똑똑히 기억한다.

그렇게 죽어 나간 이들이 얼마나 많았는지 셀 수도 없음을 자신은 이 두 눈으로 똑똑히 보았다.

"어떻게? 무림인들은 천성이 서로 칼질을 하여 누가 더 강한지 겨루지 않고서는 좀이 쑤셔 견디지 못하는 족속들이 아니더냐."

"아닙니다."

진유청이 아는 많은 사람들이 그런 것과는 거리가 멀었다.

진유청의 확신에 찬 대답에 주태민의 눈에 이채가 서린다.

그렇지 않은 무림인도 있다라……

그렇다면 그들은 어디에 속한 이들일까?

문파나 가문이 있음은 당연하겠지만 그보다 더 큰 범주.

"그럼 네가 말한 그들은 무림인이기 이전에 황제 폐하의 백성들인가?"

주태민의 질문에 진유청이 잠시 망설이다 대답했다.

"이 땅에서 살아가는 모든 이들에게 태어날 때부터 주어진 몫이 있고, 그것이 황제 폐하의 뜻 아래 펼쳐져 세상을 이롭게 하는 거라면, 저는 폐하의 백성이 맞습니다. 제가 다른 이들을 대신할 자격은 없지만, 아마 그들도 그러지 않을까 생각합니다."

진유청의 말은 위험했다.

황제의 뜻은 절대적이고, 그가 내비치는 의지는 선별해서 받아들일 수 있는 게 아니다.

황제에 대한 무조건적인 복종, 그 아래에서 이 거대한 나라가 움직이는 것이다.

물론 황제가 그만큼 강력한 황권을 휘두르며 수하들을 조율할 수 있어야겠지만.

"너는 참 배짱이 두둑하단 말이야."

진유청의 말이 마음엔 들지 않았으나, 그렇다고 흠을 잡자니 황제 폐하의 뜻이 세상을 이롭게 하는 것에 반하면 어쩔 텐가 하는 치졸한 질문밖에 던질 게 없었다.

그런 걸 주태민의 강한 자존심이 용납할 수 있을 리가 없다.

"모든 게 순리대로 돌아간다면, 저 또한 폐하의 백성으로 보호받고, 의무에 충실하여 어긋남이 없지 않겠습니까? 앞으로 잘 부탁드립니다, 황태자 전하."

진유청이 주태민을 향해 깊숙이 허리를 숙였다.

그가 황제가 되어 세상을 이끌 때는, 지금보다 좀 더 나아지길 진심으로 바란다.

가출 생활 동안 보고 들었던 슬프고 추악한 것들이 다 불살라 없어질 수 있었으면 하면서.

주태민은 물끄러미 진유청의 뒤통수를 내려다보다 혀를 찼다.

"일어나라. 네가 말하지 않아도 나는 그리할 것이다."

"네, 감사합니다."

진유청이 기다렸다는 듯 굽혔던 상체를 발딱 일으키곤 배시시 웃는다.

"징그럽다. 곧 열세 살이 된다는 녀석이 마치 세 살 어린아이처럼 웃는구나."

순수하다.

하는 짓을 보면, 세상 때란 때 다 묻히고 느물거리는 거 같은데······.

눈빛은, 마음은, 백색의 그것이다.

"경찬이 넌 어디서 저런 걸 데려왔느냐."

주태민이 책망하듯 이경찬에게 투덜대지만, 이경찬으로선 기가 막힐밖에.

"태, 태자 전하께서 안 된다는 제게······."

"그만. 그래서 잘했다는 게냐?"

주태민의 말에 반박하지 못하는 이경찬의 코에서 김이

뿜어져 나온다.

한바탕 소란이 일기 전, 진유청이 입을 열었다.

"태자 전하, 그 사람…… 조심하십시오."

진유청이 딱 집어 누구라고 가리키진 않았지만 주태민은 단박에 알아듣는다.

"그를? 왜?"

진유청의 말이 아니더라도 항상 경계를 늦추지 않는 태자이지만, 단 한 번 그와 마주쳤다면서 저런 얘길 하는 까닭이 궁금했다.

"그게……."

진유청이 마른침을 꿀떡 삼키더니 눈을 빛내며 입을 열었다.

"태자 전하께선…… 도(道)를 믿으십니까?"

황태자가 눈을 깜빡인다.

도(刀)를?

이왕이면 도(刀)보다는 검(劍)이 더 멋지지 않나?

"나는 검(劍)을 믿겠다."

순전히 주태민 개인 취향이 가미된 대답이다.

갑작스런 질문으로 주의를 끌려 했지만, 말려들어 간 건 오히려 진유청 쪽이다.

"……네. 금의위들도 대부분 검을 사용하지요?"

"그렇지. 금의위를 비롯하여 황궁 고수들도 도나 편, 창

등 다른 무기보단 검을 월등히 많이 사용하지."

"그랬군요."

"넌 무슨 무기를 사용하나?"

주태민이 진유청에게 묻는다.

"저는 도(道)를 무기로 사용합니다. 다른 사람을 해하지 않고, 나도 다치지 않으며, 세상 속에 녹아들 수 있는 이치 말입니다."

그제야 주태민이 진유청이 말한 도가 무엇을 뜻함인지 알아챈다.

"군주에게 있어 도(道)란 백성을 다스릴 때 가져야 할 마음가짐을 의미하겠지. 나는 그것을……."

주태민의 말이 끊임없이 이어지자 진유청이 이경찬을 돌아본다.

얘, 원래 이래?

이경찬이 고개를 끄덕인다.

태자 전하는 심하게 자기중심적인 분이신지라 모든 질문을 자기 자신에게 맞춰 생각하고 대답했다.

싸늘한 성정이지만, 문제가 있으면 그냥 벌을 주고 넘어가거나, 혼자 마음에 새기는 게 아니라 무엇이 잘못됐고 이럴 땐 어떻게 해야 하는지에 대해 세세히 설명해 주는 편이었다.

아주 의외의 면에서 티가 나지 않게 자상하다 해야 할지,

보기완 다르게 잔소리가 많다 해야 할지, 해석이 애매하다.

"그래서 네가 말한 도(道)와 환성 의숙부를 조심해야 한다는 것에 무슨 연관 관계가 있지?"

주태민은 자기 말이 다 끝난 후에야 진유청에게 되물었다.

진유청은 주태민을 가만히 응시했다.

자신은 분위기를 잔뜩 잡고, 경찬이네 아버지 앞에서 했듯이 애매하지만 짐작은 대충 가도록 두루뭉술하게 이야기를 주고받으려 했었다.

하지만 뭐든 반듯하게 자르고 확인해야 직성이 풀리는 저 황태자에겐 전혀 통하지 않는 것 같다.

자신이 또 말을 돌리거나 은근히 덮으려 들었다간, 거기에 대해 한참 동안 설명하고 가르치려 들 게 뻔했으니…….

"그냥 인상이 더러워서요."

툭 뱉어 내는 진유청의 말에 어이가 없었는지 주태민이 눈가를 찌푸린다.

"나중에 꼭 사고 치고 말 관상이니 조심하세요. 특히나 그때같이 있던 어린 녀석은…… 각별히 주의하시고요. 믿고, 믿으시지 않고는 태자 전하의 마음이시니, 저는 태자 전하의 백성으로서 제가 아는 걸 모두 말씀드린 것뿐입니다."

더 이상 말이 길어질까 두려워진 진유청이 매듭을 단단

히 짓는다.

자신이 이렇게 주의를 한 번 더 환기시키면, 황태자가 그들에게 좀 더 관심을 가지게 되고, 그렇게 되면 경찬이를 통해 자신은 주워 먹기만 하면 된다고 생각한 건 너무 도둑놈 심보였나?

뭐, 이게 안 통하면 힘들어도 스스로 해 보는 수밖에.

"미꾸라지 같은 녀석."

주태민이 진유청을 평가했다.

당신은 용 새낀데, 왜 진유청 자신은 미꾸라지냐며 반박하고 싶었으나…… 너무 지쳤다.

게다가 어느 정도 수긍이 가는 건 또 뭐람!

아…… 흥분하지 말아야지. 벌써 기력이 딸린다.

북경에 온 지 얼마 되지도 않았는데, 왜 이리 힘이 드는지. 먹고 자는 거 빼면 가출할 때가 마음은 더 편했던 것도 같고…….

나이 먹을수록 세상사 지치고 복잡해지는 건 어쩔 수 없나 보다.

오늘은 이가장으로 아버지가 와 계시려나?

황궁에서 이가장으로 돌아갈 때마다 가슴이 두근두근…….

과거엔 그렇게 큰 죄를 짓고도 멀쩡했는데, 지금은 가출 정도로 이렇게 조마조마하여 혼이 날 걱정을 한다.

부끄러운 게 뭔지를 깨닫고, 다른 이의 아픔에 대해 헤아리고 있단 반증이겠으나, 이러단 심장이 남아나질 않겠다.

"어쨌건 식사 때이니 밥이나 먹고 가라."

주태민이 진유청을 비롯하여 다른 두 아이에게 말했다.

먹는 것에는 인심이 박하지 않은 황태자였다.

밥보다는 침상이 더 필요한 진유청이었으나 순순히 황태
자의 뒤를 따른다.

이가장으로 돌아가 씩씩하게 문을 열 수 있도록 기운을
차려야 했으니까.

第十章

가출의 끝!

"어서 오십시오, 진 장주님. 오랜만에 뵙습니다."

이청강이 그답지 않게 부드러운 미소를 띠고 반갑게 손님들을 맞이한다.

업무를 빨리 처리했는지 평상시보다 이른 시각에 돌아온 이가장의 주인이 저리 기쁘게 맞이하는 손님들이라니……

이청강 뒤에 시립해 있던 이가장 식솔들은 한층 더 공손하게 자세를 바로 했다.

"좋은 일로 봬야 하는데…… 폐만 끼치게 되어 몸 둘 바를 모르겠습니다."

진호철이 유청이에 대한 생각만 해도 눈가가 파들거리는지 이마를 짚으며 한숨을 쉰다.

"무엇보다 유청이가 무사해서 다행이지 않습니까."

"그야 그렇지요."

그 말을 부정할 순 없지만…….

그로 인해 더 쥐어 패게 될 거란 현실 또한 부정할 수 없는 사실!

진호철이 눈을 번뜩인다.

"흠, 흠."

둘의 인사가 길어지자, 진호철 뒤에 서 있던 단리종이 헛기침을 하여 자신의 존재를 알렸다.

"먼 길, 고생하셨습니다."

이청강이 단리종에게도 인사를 건넨다.

"고생이랄 게 있습니까. 유청이를 찾아오는 길인데."

"혜아는 잘 있습니까?"

이청강이 혜아의 안부를 묻는다. 모용운지에 대한 일로 조금 꺼려지는 게 있었기 때문이다.

알아보니 유청이와는 나이 차가 꽤나 많이 나서 그나마 안심하긴 했지만, 유청이 녀석이 워낙 종잡을 수가 없다 보니…….

게다가 남궁세가와 모용세가에서 눈에 불을 켜고 찾는 여인이란 얘기까지 들은 터라 꽤나 신경이 쓰였다.

"잘은 있습니다만, 아마 유청이가 진가장으로 돌아가면 혜아에게 바가지 꽤나 긁히게 될 거 같습니다."

단리종이 쓴웃음을 지으며 길게 기른 수염을 쓸어내린다.

여기까지 쫓아올 기세였던 혜아를 달래느라 출발도 하기 전에 진이 빠졌던 기억이 새록새록 났다.

"다른 분들은 어찌 떼어 놓고 오셨습니까? 서로 오겠다고 난리가 났을 것 같은데 말입니다."

이청강의 말에 진호철이 그날의 아수라장이 눈앞에 재현되는 듯해서 손사래를 쳐서 환상을 흩었다.

"말도 마십시오. 소림, 무당, 개방 사이에 한 판 크게 벌어질 뻔했던 걸로도 모자라서, 하남성 내에 여러 가문과 문파 들의 주인들이 앞다투어 자기를 데려가면 생길 이득에 대해 외치고, 나중엔 경매에 붙이잔 얘기까지 나왔습니다."

"단리 상단주님이 이기셨나 봅니다."

이청강의 말에 단리종이 고개를 젓는다.

"저는 혜아 덕분에 큰 고생 없이 진 장주를 따라나설 수 있었지요."

대외적으로 이미 유청이와 짝으로 인정받은 혜아이다 보니 어찌 보면 당연한 일.

게다가 수많은 경쟁자들을 금오상단의 막대한 자금력으로 어르고 달래기까지 했다.

그럴 필요 없다며 진호철이 계속 사양했지만, 단리종은 밀어붙여 북경까지 오는 경비까지 일체 담당한 터이다.

상인이 이럴 때 투자를 하지 않으면 언제 하리오.

그리고 투자한 만큼 톡톡히 뽑아낼 터.

"그럼 어떤 분이 오시고, 어떤 분이 못 오신 겁니까?"

이청강이 의아한 듯 두 사람 뒤쪽을 살핀다.

손님이라곤 달랑 이 두 사람뿐인데…… 더 올 이가 있나 확인하는 것이다.

"저희뿐입니다."

말도 안 되는 일로 경매가 붙고 싸움이 커지자, 결국 진호철이 나서서 이건 진가장 내부의 문제니 혼자 처리하겠다고 언성을 높이고 일을 급하게 마무리 지어 버린 것이다.

먼저 함께 가기로 결정됐던 단리종만이 진가장 내부의 일에 관여할 수 있는 끈이 있었기에 끝까지 합류하게 된 것이고.

"다른 분들은 일단 진가장에서 기다리고 계시기로 했습니다. 제가 유청이를 데리고 가면, 그때 얘기를 다시 하기로 했지요."

누가 먼저 유청이와 소장주 전용 연무장에서 일대일로 대면을 할지에 대해서 말이다.

"그러셨군요."

이청강이 나직하게 웃더니, 자신이 손님들을 밖에 너무 오래 세워 뒀다 싶었는지 안으로 청한다.

"들어오십시오. 먼 길 오시느라 피곤하셨을 테니, 잠시 쉬신 다음에 얘기를 마저 하지요."

"그런데 유청이는 어디 갔습니까?"

요 녀석이 아비가 왔는데 코빼기도 안 비춘다 이거지?

진호철의 물음에 이청강이 아무렇지도 않게 대답했다.

"지금 황궁에 있습니다. 조금만 기다리시면 올 겁니다."

이청강의 말에 어안이 벙벙해진 진호철이 되물었다.

"황궁이요? 거길 유청이가 왜……?"

"태자 전하를 뵈러 갔습니다. 경찬이가 태자 전하와 친분이 좀 있는지라……. 어쩌다 보니 태자 전하께서 유청이를 알게 되어 마음에 드신 모양입니다."

요즘은 세 아이들이 아침마다 나란히 황궁으로 갔다 저녁때가 돼서야 돌아왔으니, 그렇게 생각할밖에.

'아버지, 무림맹에서 제일 큰 물고기들로 잡아 올게요!'

열 살 어린 아들이 그렇게 외쳤던 게 진호철의 머릿속에 떠올랐다.

진호철의 눈앞에 금색 용 새끼를 두 팔로 안고 있는 진유청이 보이는 것 같다.

물고기 잡아 온다더니, 그게 물고기냐!

잘 봐라, 아들아. 그거 용이다!

……얼른 버려라. 먹으면 탈 날 게 분명하니까.

다급히 말해도 검지로 귀를 후비며 들은 척도 하지 않는 자신의 막내아들.

얌전히 무림학관에나 있을 것이지, 가출씩이나 해서 북

경에 오더니, 황궁에까지 손을 뻗다니……

"태자 전하께선 보통 분이 아니시니, 아마 유청이의 뛰어남을 알아보신 모양입니다."

황궁의 일에 제법 밝은 단리종의 말에 흔쾌히 동조할 수 있는 이는 이청강뿐이다.

아들에 대해 너무나 잘 아는 진호철로선, 그저 제발 유청이가 성질 좀 죽이고 용 새끼를 대했기를, 그리고 손에 든 용 새끼를 몰래 내려놓은 다음 몰래 튈 수 있기를 바랄 뿐이었다.

단리종이 눈앞이 캄캄해 넋을 놓은 진호철의 소매를 잡아끌어 안으로 들였다.

"곧 유청이를 만날 기쁨이 큰 건 알지만, 그렇다고 마냥 받아 주면 안 되네. 자네도 알지?"

단리종의 말에 진호철의 정신이 돌아온다.

마냥 받아 주기는요.

절대, 그럴 일은 없을 겁니다.

진호철이 자신의 사랑스러 '웠던' 막내아들을 향해 전의를 불태웠다.

"황궁 음식은 정말 맛있다니까."

천하 별미를 모두 모아 놓은 곳이라 그런지, 먹어도 먹어도 질리지가 않았다.

진유청이 뽈록하게 솟아오른 배를 두 손으로 두들기며 이가장으로 들어섰다.

"저 왔습니다!"

크게 외친 뒤 눈을 질끈 감고 숫자를 센다.

열을 센 뒤에도 아무런 변화가 없자, 진유청이 히죽 웃었다.

오늘은 괜찮은 모양이……?

"아, 아버지!"

안쪽에서 진호철과 단리종, 그리고 이청강 세 사람이 나란히 걸어 나왔다.

진유청은 마음의 준비를 허문 뒤 갑자기 나타난 아버지로 인해 깜짝 놀랐다.

원래는 아버지를 보자마자 눈물을 펑펑 흘리며 불쌍한 척을 하려 했건만!

그 이상 잘 먹힐 방법이 없는데…….

진유청이 재빨리 고개를 뒤로 돌려 검지와 중지를 세운 뒤 제 눈을 쿡 찌른다.

"허억!"

아, 아프다!

하지만 덕분에 새빨개진 두 눈에선 눈물이 쉴 새 없이 줄줄 흘렀다.

"유청이 녀석, 드디어 미치기라도 한 건가."

나채환이 소감을 말하자, 이경찬이 고갤 젓는다.

"탁월한 선택이지. 진 장주님이 대장을 얼마나 끔찍하게 생각하시는데. 저만큼 사이좋은 부자는 정말 처음 봤어."

물론 지금은 이경찬 자신과 자신의 아버지도 세상에 드물게 사이좋은 부자일 거라 확신하지만, 히히.

"흐음. 그렇군."

나채환으로선 전혀 감흥이 없고, 이해도 안 되는 말이지만, 이경찬이 그렇다 하니 그런가 보다 생각한다.

진유청이 눈물을 흘리며 양팔을 벌리고 진호철에게 달려갔다.

"아버지!"

아들의 목소리에 진호철의 얼굴이 애잔해진다.

얼마나 걱정했는지 모른다.

열 살이 되자마자 진가장을 떠나 이제 열둘이 됐으니, 근 삼 년 만에 다시 본다.

자신의 어린 아들은 이제 어린 티를 벗고 제법 어른스러워져서 빵빵한 두 볼의 젖살도 빠지고 키도 훌쩍 컸다.

"유청아!"

진호철이 두 손을 벌려 자신의 품으로 달려드는 진유청을 맞이한다.

"보고 싶었어요!"

아버지에게 꼭 안긴 진유청이 온마음을 담아 말한다.

"죄송해요, 아버지. 정말 제가 잘못했어요, 다신 안 그럴게요."

아버지의 두툼한 손이 등을 쓸고 머리를 마구잡이로 헤집으며 자신이 정말 품에 안겨 있음을 계속 확인하는 마음이 너무 절실히 느껴져서, 진유청은 진짜 눈물이 났다.

아버지, 아버지…… 정말 다신 속 안 썩일게요.

잘못을 다잡아 새로운 인생을 살 수 있는 기회를 얻었음에도 불구하고…….

과거 삶에서도 그랬지만, 이번 삶에서도 자신은 잘못한 게 너무 많은 것 같았다.

더 잘할게요…….

진유청이 마음속으로 다짐하고 또 다짐한다.

진호철도 아들의 마음을 느꼈는지 진유청을 품에 꼭 안고는 말했다.

"잡았다!"

한창 감정을 다잡던 진유청이 잘못 들었나 싶어 고개를 번쩍 들고 바로 코앞에 있는 아버지의 얼굴을 보니…….

부리부리한 눈에 불길이 치솟아 있는 게…….

속았다!

진유청이 바동거리지만 소용없다.

"욘석아, 이제 도망 못 간다!"

"히에에엑!"

큰일 났다!

진유청이 괴성을 내지른다.

진호철은 안고 있던 진유청을 달랑 들어 어깨 위에 걸쳐 멨다.

열두 살, 많이 큰아들이지만 아직도 자신에 비하면 작고 어리기만 하다.

진호철이 한 손으론 진유청이 도망치지 못하게 허리 위로 감아 고정하고, 다른 한 손을 높이 들어 올린다.

걱정했던 마음, 걱정되는 마음을 모두 담아…….

팡, 파앙!

진유청의 엉덩이에 불이 나기 시작한다.

"아버지, 잘못했어요!"

진유청이 체면이고 뭐고 빽빽 소릴 지르지만, 진호철은 봐주지 않았다.

팡, 팡, 팡!

공기가 잔뜩 들어간 가죽 주머니가 한 번에 터져 나가는 소리가 메아리치듯 계속 이어졌다.

진호철의 눈가가 은은히 붉어졌다.

"아무리 그래도 그렇지. 아들 잡을 일 있어요, 아버지?"

진유청이 앉지도 서지도 못한 엉거주춤한 자세로 훌쩍거린다.

"조용히 못 하겠느냐. 아니면 이번엔 종아리라도 더 맞을 테냐?"

진호철이 눈을 부라렸다.

"칫……."

진유청이 입을 삐죽 내밀며 고개를 돌린다.

자신이 잘못한 걸 아는 까닭이다.

"네가 채환이구나."

진호철이 탁자 맞은편에 앉아 있는 나채환을 살핀다.

"네, 처음 뵙겠습니다."

인간 세상의 예의에 조금 익숙해진 나채환이 진호철의 말을 받았다.

아마 유청이가 사라진 후 무림학관에도 연락을 하셨을 테니, 광견이란 자신에 대한 소문도 들으셨을 터.

어쩌면 나채환 자신이 유청이를 꼬드겨 가출했다 여기고 힐난하실지도 모른다.

나채환이 무심한 얼굴로 진호철의 다음 말을 기다렸다.

"고생했다. 어쩌다 저런 녀석과 친구가 돼서 그 고생을 했누."

전혀 예상치 못한 말에 나채환이 진호철의 얼굴을 살핀다.

혹시 비꼬는 게 아닌가 싶었지만……

"유청이가 꼬드겼지? 안 봐도 뻔하다. 내 아들이긴 하지만 저 여우 같은 녀석이 어찌나 사람 속을 들었다 났다 잘 하는지……. 아주 혼을 쏙 빼지 않더냐?"

진호철이 눈가에 주름을 잡으며 웃는다.

안심하라는 듯이 다독여 주는 따스한 눈빛이다.

"아닙니다. 제가 따라나선 겁니다."

그래서 나채환은 마음에도 없는 말을 했다.

이게 바로 어른이 된다는 거구나.

다른 사람의 마음을 읽어 상처 주지 않으려 애쓰게 되는 것.

좋은 어른이 되는 방법을 하나 알았다.

"착하구나."

진호철이 빙그레 입가를 말아 올렸다.

"아버지…… 저 손 좀 그만 내려도 되요?"

엉거주춤한 자세에서 양손까지 번쩍 들고 벌을 서고 있으려니 죽을 맛이다.

"내리는 순간, 네 형에게 이를 테다."

진유청의 반쯤 내려왔던 양팔이 번쩍 들린다.

"네 형은…… 아니다. 그건 네가 직접 이현이를 보면 알게 될 일. 일단 진가장에 돌아가자마자 무슨 일이 일어날지부터 각오하고 있어라. 내게 엉덩이를 맞은 정도는 아무것도 아니란 걸 깨닫게 될 거다."

이현이가 금오상단을 통해 뿌린 연락을 잘 받아야 할 텐데.

진호철은 자신의 첫째 아들이 아직도 유청이를 걱정하면서 찾겠다며 사방을 헤집고 다니는 건 아닌지 너무 걱정이 됐다.

둘째를 찾으니, 첫째가 말썽이군.

진가장에 두 아들이 있어 진가장을 천하에 널리 알릴 거라 하더니…….

"설마 이런 식으로는 아니겠지?"

진호철이 자신 없이 중얼거렸다.

"어이, 곰, 마셔, 마셔!"

오자경이 얼큰하게 취해 장웅의 술잔에 넘치도록 술을 부어 준다.

"우하하하. 나는 곰이다!"

장웅이 제 가슴을 쿵쿵 치며 외치더니 술을 한입에 털어 넣었다.

"생긴 것만 호탕한 게 아니라 술도 시원하게 잘 마시는 동생이로군."

사란이 붉은 입꼬리를 추켜올리며 대기하고 있던 여인들에게 눈짓을 한다.

"아이, 이렇게 잘생긴 공자님이 왜 술을 혼자 따라 드시고 그래요?"

나긋한 손길이 술병을 낚아채고는 오자경의 술잔에 술을

따라 준다.

장웅의 옆에 앉은 허리가 잘록한 여인은 장웅의 두툼한 가슴 위에 가는 손가락을 얹고는 빙글 원을 그린다.

"난 이렇게 사내다운 남자가 좋더라."

방 안의 분위기가 후끈 달아오른다.

장웅은 물론, 제 말과는 다르게 여자 경험이 거의 없는 오자경도 얼굴이 붉어져 어색하게 연방 술만 들이켰다.

진이현의 곁엔 아름다운 꽃이 많기로 유명한 청아루에서도 가장 고고한 꽃인 화인이 자리를 잡았지만 그는 고개도 돌리지 않았다.

"제가 한 잔 따라 드리지요."

화인이 진이현의 잔에 술병을 기울이자 쪼로록 하고 맑은 물소리와 함께 잔이 찰랑거리며 채워진다.

진이현은 술잔을 가만히 내려다봤다.

자신의 친구들이 술을 좋아하는 건 사실이지만, 이렇게 분 냄새 자욱한 기루에서 값비싼 술과 안주를 즐기는 것보단 투박한 화주에 나물 안주 한 가지를 더 좋아할 녀석들이었다.

그런데도 불구하고 저렇게 어울리지 않는 놀음을 하고 있는 건, 아마 자신이 그녀를 올려다보던 시선을 쉬이 떼지 못했기 때문이리라.

오자경은 몰라도 뒤에서 그 모습을 빤히 지켜봤던 눈치

빠른 장웅이 몰랐을 리가 없지.

그리고 자신 또한 정말 싫었으면, 아마 이 자리에 앉아 있지 않았을 터.

눈앞의 상황에 불쾌해할 이유가 없다.

"나비가 아름다운 꽃을 버려두니, 이 무슨 연유인고. 꽃이 나비 마음에 들지 않았음이로구나."

청아루주 사란의 말에 화인이 입술을 질끈 깨물며 진이현의 어깨에 제 뺨을 슬며시 기댄다.

"공자님께선 제가 마음에 들지 않으시어요?"

가늘고 처연하게 울리는 목소리가 심금을 울린다.

만약 여기 앉아 있는 이가 진이현이 아니었다면, 그녀의 어깨에 가만히 팔이라도 하나 둘러 주었을 것을.

"알면 이만 나가 보십시오. 나는 아니나, 그 꽃을 찾는 이가 밖에는 많을 것 같으니."

진이현의 무뚝뚝한 말에 화인의 얼굴이 차갑게 굳는다.

"청아루 제일의 꽃도 마다하는 청년이라니……. 그럼 누구를 불러 줄까?"

사란이 눈웃음을 치며 묻는다.

"아무도 불러 주지 않아도 됩니다. 친구들이 마신 술값은 계산하고 갈 터이니……. 더 이상 신경 쓰지 않으셔도 됩니다."

진이현의 눈이 사란을 직시한다.

산전수전 다 겪어 본 사란이지만 그녀는 아직 애송이에
불과한 청년의 눈빛을 받는 순간, 웃음을 띤 입가가 무너질
뻔했다.

보통내기가 아니로군.

하긴, 단 한 번 본 걸로 운지의 마음을 뺏은 녀석이니 뭐
가 있어도 있을 테지.

"너희들은 다 나가 있어라."

사란의 한마디에 일행에게 온몸을 걸치고 있던 여인들이
순식간에 일어나 밖으로 나간다.

갑자기 품도 손도 허해지자 장웅과 오자경이 허탈한 얼
굴을 했다.

"모용운지라고, 아시오?"

사란이 직접적으로 진이현을 향해 물었다.

진이현은 대답대신 술을 한 잔 쭉 들이킨다.

"여인의 마음을 어찌 그리 몰라서야. 운지가 그랬던 건
남궁 대공자로부터 당신을 보호하기 위해서였는데, 청년이
그 마음을 크게 오해했다 하더이다."

"허어……."

오자경이 입을 벌리고 신음을 흘린다.

그런 이유가 있었나?

하나 덮어놓고 그랬습니까? 하기엔 좀……?

"그런 말을 내게 하는 이유가 뭡니까."

진이현은 동요하지 않았다.

"운지는 나와 피가 섞이지는 않았으나, 막 기녀로 입적했을 때 큰 곤란에 처했던 나를 도와준 친언니와 같은 분의 딸이라네."

사란은 진이현의 물음에 답하는 대신 모용운지의 어머니와 자신의 이야기부터 풀었다.

듣는 이에게 신뢰를 얻기 위해선 속내를 먼저 내보여야 하는 법.

"제법 먹고살 만한 가문에서 태어난 동생들은 모르겠지만, 기녀의 운명은 참으로 박하이. 기녀는 사내들에게 웃음을 주고 돈을 받지만…… 사랑을 주면 오히려 몸과 돈을 빼앗기는 처지가 되지. 그래서 웃음도 팔고, 몸도 팔아도, 마음만은 주지 않아야 하는 게 철칙인데……. 젊은 날 한때의 실수로 내 그걸 어겼었네."

처음으로 꺼내 놓는 자신의 얘기에 목이 탔는지 사란이 술잔을 내민다.

장웅이 얼른 술을 따라 주자, 입술을 축인 사란이 소매로 입가를 닦으며 고혹적인 미소를 보였다.

"곰 같은 청년, 자네는 여자에게 진실하겠군."

"네? 그, 그래 보입니까?"

장웅이 머릴 긁적이며 순박하게 웃자 그녀가 고개를 끄덕인다.

"하나 자네를 사랑하고 헌신하여 모든 걸 줄 수 있는 여인이 있고, 그녀가 자네를 세상 전부라 여기고 떠받든다면 점점 변하게 될지도 모르지. 그 남자처럼……."

그녀의 얘기에 방 안 분위기가 어두워졌다.

"그렇게 빠져나올 수 없는 늪에 빠진데다, 루주의 미움을 산 나를 구해 준 분이 얼마나 고맙고 소중했겠나. 몇 번 보지도 만나지도 못했지만 내 친언니라 여겼지. 운지는 그런 분의 딸이야. 내가 무슨 수를 써서라도 은혜를 갚아야 하지. 그래서 남궁세가와 모용세가의 추격에도 불구하고 절대 그들이 상상도 못 할 이곳 청아루에 그녀를 숨겼네."

"그랬었군요."

장웅이 이해한다.

"그게 우리와 상관이 있습니까?"

진이현은 시종일관 차가웠다. 마치 꼭 그래야만 한다는 듯이.

"있지. 자네 때문에 우리 운지가 더욱 곤란한 처지에 놓였으니."

"저 말입니까?"

"그래, 자네. 진가장의 진이현이 자네 맞지 않나? 운지가 그 이름을 잊지 않고 기억하고 있더군."

진이현의 눈가가 희미하게 떨린다.

"남궁 대공자가 주겠다던 단검을 거절하고 떠난 일로 인해 미움을 사, 남궁세가의 추격이 멈추질 않네. 원래대로였다면 그 자존심 강한 남궁 대공자가 자기 싫다고 떠난 여인에게 이렇게 집착을 했겠나? 자네로 인해 불이 붙었고, 자네로 인해 미움이 커졌겠지. 그러니 어떤가? 자네가 책임을 좀 져 줘야 하지 않겠나?"

원인에 일부 관여한 바가 없다곤 할 수 없지만, 지금 사란이 한 말은 생떼에 불과했다.

"자네가 이렇게 떠나면, 운지는 앞으로도 청아루 한구석에서 빛을 보지 못한 채 시들어 갈 걸세. 자네의 잘못이라고까진 할 수 없지만…… 이보게나, 이건 부탁일세. 우리 운지를 좀 도와주게. 그리만 해 준다면 내 할 수 있는 건 뭐든 다 해 줌세."

청아루 루주인 사란이 머리를 숙인다.

"이러지 마십시오. 나는 이미 짊어지고 있는 짐이 있어, 다른 이의 것까지 떠맡을 능력이 되지 않습니다."

"하나, 부탁하네. 저 아이를 안전한 곳까지만이라도 지켜 주게. 형부상서 이청강 어르신께서 무슨 영문인지 저 아이를 찾고 있어서 더 이상 여기도 안전하지 못하네. 이곳은 이 지역 관리들이 가장 많이 드나드는 곳 중 하나가 아닌가."

"……그분이 왜……?"

"그 어르신을 아나?"

이번엔 사란이 놀란다.

"조금…… 압니다."

"잘됐구면. 아주 잘됐어!"

사란이 반색하며 말을 잇는다.

"그 어르신이 운지에게 큰 은혜를 입은 적이 있다며 꼭 찾아야겠다고 초상화까지 돌렸다네. 자네가 그 어르신과 인연이 있다면, 그냥 무시할 순 없는 일이지 않은가? 운지를 그분께 데려다 주던지, 아니면 안전한 곳으로 옮긴 후, 그 어르신께 연락을 드리는 게 어떤가?"

사실이 그랬다.

단순히 같은 동심회에 속한 친분만으로도 그러할진대, 지금 가출했던 유청이가 북경 이가장에서 신세까지 지고 있지 않나.

모용운지가 그분께 중요한 사람이라면, 진이현이 외면해선 안 됐다.

"내가 이가장으로 연락을 하던지, 그도 아니면 루주가 직접 하여도 충분한 일 아닙니까."

진이현의 말에 사란의 말투가 냉랭해진다.

"자네는 언제 남궁세가의 사람들이 들이닥칠지 알 수 없을 때에, 제 좋을 대로만 생각하고 말하는군! 나도 됐네! 자네 같은 이에게 어찌 운지를 보호해 달라 청할 생각을 했는지 모르겠군. 술값은 됐으니, 잘 놀다 가게나. 운지 일은 죽든 살든 내 알아서 할 터이니!"

사란이 눈가를 파르르 떨며 밖으로 나갔다.

"이현아, 왜 그래…… 너답지 않게."

장웅이 진이현의 눈치를 살핀다.

"네가 그녀에 대해 좋지 않은 감정을 갖고 있다 해도, 이건 아니지. 얼른 가서 우리 누님께 네가 할 테니 걱정 마시라 얘기 드리고 와라."

오자경이 술병을 쥐고 탁자 위를 탕탕 내리치며 말한다.

"그럼 그 여자를 데리고 어디로 가란 말이냐? 여기서 북경까지 가기엔 너무 멀어. 중간에 무슨 일이 벌어질지 알 수 없고. 그렇다고 다른 안전한 곳이 있는 것도 아니다."

"진가장 있잖아."

장웅이 안주로 나온 고기 한 점을 입에 넣고 우물거리며 말한다.

"이현이 네가 받은 편지에 쓰여 있었잖아. 장주님이랑 단리 상단주님 두 분만 유청이 데리러 북경으로 갔고, 소림, 무당, 개방의 장로님들은 진가장에서 이제나저제나 유청이가 오길 기다리고 계시다며. 지금 천하에 진가장만큼 안전한 곳이 어디 있겠어? 안 그래?"

"여기 이놈의 곰 새끼는 머리가 좋다니까! 자, 한잔 마셔라!"

오자경이 제 잔을 높이 들어 올려 장웅의 잔과 거칠게 부딪친 뒤 술을 입에 털어 넣는다.

진이현으로선 진가장에 문제의 불씨가 될 만한 걸 놓아두고 싶지 않았으나, 아무래도 이청강이 마음에 걸렸다.

게다가 진가장에 여러 대문파의 장로가 있으니, 그들에게 사정을 설명하고, 관가까지 나서서 모용운지의 일에 시선을 집중하면, 아무리 남궁세가나 모용세가라도 함부로 움직일 수 없을 터.

옳은 일을 함에 있어 이 정도 위험도 감수하지 못한다면…… 유청이가 말한 철면검객은 될 수 없다.

얼굴은 무섭지만…… 마음은 따뜻한 협객 말이다.

"알았다. 그렇게 하도록 하지."

진이현이 승낙하자, 오자경과 장웅이 얼싸안고 좋아한다.

"그래, 그래야 협객이지, 협객! 우리가 바로 하남삼협 아니냐!"

촌스럽다며 그렇게 싫어하던 별호를 들먹이는 오자경은…… 좀 취한 모양이다.

"그럼 술 더 마셔도 돼?"

타악!

갑자기 문이 열린다.

이미 밖의 인기척을 느끼고 있었으나 살기가 없어 잠자코 있던 진이현의 눈에 사란이 보인다.

"이 예쁜 아줌마가 남의 말을 엿듣는 취미가 있다는 걸, 동생들은 몰랐겠지?"

"조심하지 않으면 언제 칼에 찔릴지 모르는 위험한 취미입니다."

감정이 전혀 담겨 있지 않은 진이현의 목소리에 사란의 눈썹이 꿈틀거렸지만, 그녀가 누군가. 표정 변화 없이 화사한 얼굴로 새 술과 안주가 가득한 상을 안으로 들이게 한다.

"마음껏 들어, 동생들. 오늘은 최상급으로만 준비했으니까. 동생들이 착해서 주는 거니까, 우리 운지 잘 부탁해, 알았지?"

그녀가 교태를 부린다.

"걱정 마십시오, 누님!"

평소의 까칠한 성격은 어디다 벗어 두고 왔는지, 사란 앞에선 사근사근하게 구는 오자경을 보고 진이현이 혀를 찼다.

유청이에게 조심하라 해야겠군. 보고 배울까 걱정된다.

"운지에겐 준비하고 있으라고 이를 테니, 내일 아침 일찍 출발하게나. 알았지?"

"알겠습니다."

진이현이 술잔을 향해 손을 뻗었다.

사람의 인연은 신기하기 그지없어 어찌 이리 기묘하게 닿았다 떨어졌다 다시 만나길 반복하게 하는가.

운명이란 베틀 안에 교차하는 씨실과 날실 속에 넣어지는 그림처럼, 그래야 할 곳에서 만나지고, 그러지 말아야 할 곳에서 엇갈린다.

어찌 이런 일이 있을까라고 생각해 봤자…….

모든 사람 하나, 하나의 운명은 기막힌 우연과 인연 속에 하나의 운명으로 닿아지니…….

세상의 큰 틀에 한 장을 채우는 자신의 천이 아름다운 그림을 그릴 수 있기만을 바라자.

내가 원하는, 나를 위한, 그런 나를 보는 누군가가 행복해질 수 있는 그런 그림.

내가 바란다 하여 모든 게 이루어지는 건 아니지만, 최소한 엇갈리고 아스라이 스쳐 지나갔다 좌절하지 말고, 훗날엔 다시 만날 수 있길 기대하며 준비하는 거다.

완성돼야 할 그림 한 장에서 자신은 이제 막 출발점을 지나 앞을 향해 나아가고 있을 뿐이니.

"모용운지라……."

진이현이 입속으로 까끌한 이름 하나를 되뇌인 뒤, 쓴 술로 덮어 버렸다.

그녀가 자신의 운명, 자신의 그림 어느 곳에 속해 있는지 문득 알고 싶어졌다.

第十一章
어두운 손!

"유청이 덕에 좋은 벗을 오랜만에 만나 술잔을 기울일 수 있게 됐습니다."

이청강의 말에 진호철이 동의한다.

물론 그렇다고 유청이의 잘못이 눈곱만큼이나마 가벼워지는 건 아니지만, 최소한의 사실만큼은 인정하는 거다.

어른들은 탁자에 둘러앉아 술잔을 나누고, 아이들은 인근에 자리를 잡고 오독오독 과자를 베어 먹는다.

"너무 혼내진 마십시오. 유청이가 하는 일엔 다 그럴 만한 이유가 있지 않습니까."

이청강이 경찬이에게 장난을 치는 진유청을 물끄러미 바라보다 말한다.

"그래도 어찌 그리 오랜 기간을 떠돌면서 소식 한 번 주지 않는단 말입니까."

진호철이 분통이 터진다는 듯 씩씩대지만…….

"저 성격에 길 잃고 헤매고 있다고, 도와 달라고 집에 편지 쓰기가 쉬웠겠나. 아니, 그 전에 저런 어린아이가 표국에 뭔가를 맡긴다 해서 제대로 받아 주었을 리도 만무하고. 여러 이유가 있었겠지."

단리종이 술잔을 집어 들며 봐주라는 말에 진호철이 속으로 혀를 찼다.

자신에겐 절대 봐줘선 안 된다 신신당부를 하시더니만…… 벌써 홀딱 넘어가셨구나.

"그리고 보니 단리 상단주님은 요즘 어떠십니까. 걱정되는 이야길 들었는데, 얘기를 할 수가 없어 답답한 참입니다."

이청강이 하는 말이 무엇을 의미하는지 눈치챈 단리종이 괜찮다는 듯 수염을 쓸어내리며 답한다.

"연이상단의 일 때문에 그러나 보군. 벌써 무림맹의 몇몇 문파가 그들과 손을 잡고 뒤를 봐주는 모양이지만, 금오상단은 끄떡없다네."

아무래도 이청강이 관계에 몸을 담고 있다 보니 황궁의 입김이 닿은 연이상단에 대해 말하는 게 껄끄러울 것 같아서 진호철이 말을 돌리려는데, 계속 이쪽을 향해 신경을 쓰던 진유청이 툭 끼어든다.

"환성이란 사람이래요."

세 사람의 시선이 진유청을 향한다.

"그 사람이 연이상단 책임자래요. 황제 폐하가 총애하는 의제이고, 태자 전하는 의숙부라고까지 부를 정도이니, 힘이 막강할 거예요."

"……네가 그걸 어찌 알았느…….."

이청강이 얘기를 하다 말고 말끝을 흐린다.

생각해 보니 충분히 알 수도 있다, 유청이라면.

"그런 거 아니에요. 태자 전하께서 말씀해 주셨어요."

진유청이 이청강의 오해를 바로잡아 준다.

"환성과 이원형, 두 사람을 파 보면 뭐가 나와도 나오겠죠."

진유청은 황태자가 거론된 김에, 자신이 아는 걸 곁다리로 덧붙인다.

"이원형이라면 연이상단의 자금을 모으는 데 도움을 줬다는 서경왕 주익 전하의 양자가 아니더냐."

이청강은 이원형에 대해 알고 있는 모양이었다.

"양자인데 왜 성이 달라요?"

어느새 다가온 이경찬이 의아한 듯 고개를 갸웃거린다.

"거기엔 사정이 있는데……. 이원형은 주익 전하의 절친한 친구가 죽으며 맡긴 아들로, 이가의 대가 끊어지면 안 된다 하여 정식 양자로 들이진 않고, 곁에 두고 돌봐 주고 계시는 중이라 하더구나."

다행이다!

진유청이 식겁했던 가슴을 다독인다.

혈사방주의 아들인 이원형이 뜬금없이 서경왕 주익의 양자래서 뭐가 어찌 된 건가 했더니만, 그런 이유가 있었군.

······그렇다면 서경왕 주익도 혈사방 혹은 진명회와 어떻게든 연관이 있다는 얘기인데······?

진유청이 마른침을 삼킨다.

뭐냐, 이건.

슬쩍 한 번 후벼 봤을 뿐인데, 걸려 나오는 건더기가 뭐 이리 주렁주렁 많은 건지······.

진유청이 한숨을 푹 쉰다.

"왜 그러느냐?"

진호철이 걱정스레 묻자, 진유청이 대답했다.

"저는 원래 나이 먹는 게 싫었거든요."

"그랬지. 유청이 너로 말하자면 네 살 생일 때, 하는 거 없이 나이만 먹는다며 신경질을 냈던 녀석이 아니냐."

그때 생각이 나자 절로 손에 힘이 들어가는 게······.

"그런데 이제 나이를 먹어야 할 거 같아요. 좀 더 빨리, 좀 더 많이요."

진호철의 손에 들어간 힘이 스르륵 풀린다.

그리고 그가 막내아들에게 다가가 한쪽 무릎을 굽혀 땅에 대어 시선을 직선으로 맞춘다.

"갑자기 왜 그런 생각을 하게 됐느냐?"

"해야 할 게 너무 많아서요. 그런데 아직 어려서 할 수 있는 게 별로 없어요."

진유청이 진심으로 말한다.

가만히 지켜보니 과거 자신이 알았던 것들은 껍데기였다. 이제야 자신은 그 껍데기에 속을 채우고, 진실을 알아 가는 중인 것이다.

자신이 아는 게 다가 아니고, 속에 들어 있는 변수가 무궁무진한 새로운 사실들이 계속 터져 나오니 당황스럽기도 하고……

자신의 손으로 직접 할 수 있는 건 아무것도 없다는 게 이젠 답답하기까지 하다.

"사람은 하고 싶은 게 생기면 자라고 싶은 모양이에요. 내 손으로 이루고 싶은 게 있으면요. 그러다 또 어느 시점이 되면 늙어 가는 게 싫어지겠지요?"

아버지도 나이를 먹고, 형님도 성장하여 제자리를 찾는데, 자신만이 아직 어리다. 이대로는 아버지와 형님의 뒷바라지는커녕 이것저것 다 꼬아만 놔서 완전히 짐이 될 가능성이 농후하지 않은가!

진유청은 자신이 자라 진가장 혈겁이 있었던 때의 나이

로 커 나가는 게 조금은 두려웠다.

어쩌면 다른 아이들에게 추억을 만들어 준다고 얘기하면
서도, 정작 가장 즐거워했던 건 자기 자신인 것 같다.

하나, 아이가 언제까지고 자라지 않을 수는 없는 법.

비록 몸은 아이이고, 영혼은 다르게 나이를 먹고 있다 하
나, 몸과 영혼이 하나가 되어야만 진정한 성장을 이룰 수
있게 되겠지.

아이는 빨리 자라 어른이 되고 싶어 하고, 청년은 현재를
즐기면서도 다가올 날들을 불안해한다.

중년은 청년을 부러워하고, 노인은 손 위를 스쳐 지나가
는 시간 한 줌마저 아까워 두 손을 움켜쥐었다 편 뒤 빈손
으로 땅에 눕는다.

자신은 그중 어디에 속할까?

지금이라도 어른이 되고 싶다 마음먹었으니, 아이가 맞
긴 한 걸까?

고민하는 진유청의 머리 위에 진호철의 두툼한 손이 얹
어진다.

"윤석아. 빨리 자라고 싶다고 시간이 빨리 가는 건 아니
다. 네게 맞는 시간이 주어지고, 충분히 기다린 후에야 어
른도 될 수 있는 게야."

"그렇겠죠?"

진유청이 아쉬운 듯 대답한다.

"그럼. 너도 곧 네 형처럼 자라게 될 거다."

진호철은 둘째 아들이 세상에서 제일이라고 치켜세우는 이현이를 갖다 붙이며 용기를 북돋워 주려 했지만, 글쎄⋯⋯.

별로 도움은 안 됐다.

진실을 가장 잘 아는 이가 바로 진유청 자신이 아닌가.

아버지, 아마⋯⋯ 그건 절대 아닐걸요?

제가 봐서 아는데, 형은 재수 없도록 잘 나게 자랐지만, 저는 영 아니었다고요.

그나마 자신에게서 그럭저럭 봐줄 만한 건 얼굴 정도였다, 랄까?

그마저도 훌륭한 수준은 아니고⋯⋯ 말 그대로 그럭저럭.

모르면 기대라도 좀 할 수 있으련만.

진유청은 약간 서글퍼졌다.

"바람이 찹니다. 아이들은 들여보내는 게 좋겠습니다."

이청강의 말에 진호철이 진유청을 달랑 들어 안는다.

"이거 봐라. 아직도 이렇게 아비 품에 꼭 들어맞지 않느냐."

넌 다 자라려면 아직 멀었다, 라고 말하는 진호철이 얄미워 진유청이 대답하지 않는다.

"그래도 너무 빨리 자라진 말거라. 자식의 성장은 부모의 즐거움이지만⋯⋯ 자식은 품 안에 있을 때 가장 사랑스러운 법이니까."

진호철이 진유청의 등을 토닥이며 속삭였다.

네가 그렇게 바라지 않아도 시간은 금세 흐른단다.

네게는 지겨울지 모를 그 시간들이, 이 아비에겐 평생의 기쁨이자 행복임을……

네가 알아주길 바라진 않지만 잊지는 않았으면 한다.

진호철의 품은 너무 따뜻해 진유청은 저도 모르게 스르르 눈이 감겼다.

"끙……"

조금 안고 있었더니 팔이 떨어져 나갈 거 같은 게, 많이 무거워졌다.

기운을 끌어올리면 될 일이지만, 진호철은 그러지 않았다.

이렇게 품에 안고 재울 수 있는 날도 이제 얼마 남지 않았으니까.

이경찬과 나채환이 먼저 방으로 가고, 진호철이 제일 마지막으로 진유청을 침상으로 옮긴 뒤 후원으로 나왔다.

"이제 어른들의 얘기를 좀 해야겠습니다."

진호철의 말에 이청강과 단리종이 고개를 끄덕였다.

"어딜 그리 급히 가느냐?"

정한수는 자신을 부르는 소리에 걸음을 멈추고는 고개를 돌렸다가, 입가에 빙그레 미소를 짓고 있는 장문인을 발견하고는 깜짝 놀란다.

"사부님의 심부름을 다녀오는 길입니다."

화산의 장문인인 소운찬은 심성이 바른 데다 온화해서 그를 싫어하는 이는 없었지만, 실질적인 권력 대부분이 대장로에게 있어서 장문인으로서의 위엄은 높지가 못 했다.

그럼에도 불구하고 대장로가 돌아가신 사부님의 사형이라는 이유 하나로 믿고 신뢰하며 전폭적인 지지를 보내니…….

사람은 좋지만 실속이 없단 건 이런 때 쓰는 말이리라, 하는 소리까지 듣곤 했다.

하지만 정한수는 그런 장문인이 참 대단하다 생각했다.

학관에 있는 동안 봤던 불합리한 것들이 모두 어떤 이들이 지키려 하는 권리와 탐욕에서 기인한 것이라면…….

그걸 초월할 수 있는 이가 바로 깨달은 자, 즉 자신의 장문인이 아닌가 싶었던 거다.

학관에서야 소견이라 불릴 정도로 막 나갔던 정한수지만, 화산파로 돌아와선 성질을 드러낸 적이 드물고, 특히나 장문인 앞에서는 몸가짐을 바로 하고 최대한 예의를 다했다.

"그렇구나. 대장로께선 별일없으시더냐."

"항상 똑같으십니다."

정한수의 말에 소운찬이 씁쓸하게 웃는다.

"같은 화산 안에 있으면서도 다른 이에게 이리 안부를 물어야 할 정도라니. 내가 그분을 못 뵌 지 한참은 된 듯하구나."

"……사부님이 요즘 일이 많아 그런지 좀처럼 틈이 안 나는 모양입니다. 일이 정리되는 대로 장문인을 찾아뵙겠지요."

묻지도 않은 말을 하는 까닭은, 정한수 자신의 사부가 눈앞의 장문인을 아예 화산 내에서 없는 사람 취급을 하기 때문이다.

"그러시려나."

소운찬이 고개를 저으며 중얼거린다.

그렇지는 않을 거란 걸 소운찬 스스로도 아는 까닭이다.

"한수, 너는 학관에 있다 화산에 오니 어떠냐. 지낼 만하더냐?"

신뢰하던 대장로의 제자이고, 화산파에서도 손꼽히는 정한수를 소운찬은 꽤나 각별히 여겼기에 둘 사이의 대화가 크게 어색하지는 않았다.

달라진 점이라면, 소운찬을 바라보는 정한수의 시선에 이전과는 달리 따스한 정이 담겨 있다는 정도?

"네. 화산에 돌아오니 수련도 집중할 수 있고, 항상 사부님을 곁에서 모실 수 있으니 더 좋습니다."

"그래? 나는 한수 네가 두고 온 친구들이 떠올라 표정이 그리 울적한가 싶었는데……. 그렇진 않은가 보구나."

소운찬의 말에 제일 먼저 떠오르는 녀석은 얄궂은 표정의 진유청, 그다음은 무표정한 얼굴에 나채환……. 아, 오현이를 빼먹을 뻔했군.

정한수의 눈이 먼 곳을 바라보며 그리워한다.

"돌아가고 싶으면 내 대장로에게 얘기해 보마."

"아, 아닙니다."

정한수가 사양을 넘어서 강하게 거부한다.

장문인이 대장로에게 청을 넣었다가 듣기 좋은 말로 포장된 비웃음을 받고서 상처 입는 건 그다지 보고 싶지 않았다.

"녀석하고는."

소운찬이 피식 웃더니 말을 잇는다.

"이만 가 보거라. 나와 잡담이나 하다가 심부름에 늦었다 하면 대장로께서 경을 치실 게다."

자조적인 말이다.

정한수는 저 말을 부정할 수 없다는 게 죄송하여 고개를 들 수 없었다.

찰싹!

소운찬이 정한수의 등을 손바닥으로 소리 나게 내리친다.

"어서 가 보래도?"

자신을 걱정하는 정한수의 마음에 한결 기분이 나아진 소운찬이 밝은 어조로 말한다.

"그럼 가 보겠습니다. 그리고……."

정한수가 말끝을 늘어트리자, 소운찬이 그의 다음 말을 가만히 기다린다.

"저라도 종종 찾아뵈어도 될까요?"

"그래, 그러려무나. 내 차 끓이는 솜씨는 제법 괜찮으니, 네가 오면 아끼는 차를 내도록 하지."

"네, 감사합니다."

정한수가 인사를 남긴 뒤 잰걸음으로 대장로의 처소가 있는 방향을 향해 바삐 움직인다.

소운찬은 멀어지는 정한수의 등을 물끄러미 바라보다 몸을 돌렸다.

한 문파에서 가장 바빠야 할 장문인이 할 일이 없어 소일거리로 산책이나 하다니.

이걸 팔자 좋다 해야 하나, 아니면 서글프다 해야 하나.

"그래도 대장로를 원망하진 말아야지. 그분이 있기에 지금의 화산이 있는 게 아닌가."

소운찬이 숨을 크게 들이마셨다 내쉬며 중얼거렸다.

자신은 다시 과거로 돌아간다 해도 대장로에게 전권을 위임하고 그를 신뢰하리라.

원래 장문인의 자리에 올라야 했던 건 바로 그분이니까.

모든 건 돌아가야 할 자리로 되돌려지는 법.

소운찬이 눈을 지그시 내리감았다.

"사부님, 저 왔습니다."

대장로의 방문 앞에서 정한수가 조심스레 입을 연다.

"잠시 기다려라."

안에서 사부의 목소리가 들리고, 곧이어 낯선 남자의 얘기가 이어져 정한수는 목구멍에서 튀어나오는 대답을 다시 꿀꺽 삼키고는 문 옆에 비켜서서 사부의 일이 끝나길 기다렸다.

"그러니…… 연이상단의 부탁대로 일을 처리하기가 어려워졌습니다."

"허어, 이를 어쩐다?"

뭔가 곤란한 일이라도 생겼나 보다.

"하남삼협이란 애송이들이 물을 흐리니……. 그런 작은 부탁조차 제대로 들어주지 못하면 후에 크게 손해를 보지 않겠습니까?"

하남삼협이 누구지?

신진 고수인지 정한수로선 처음 듣는 이름이다.

가만히 서 있다 보니 자신도 모르게 절로 방 안에서 흘러나오는 얘기에 귀를 기울이게 돼 정한수가 난감한 표정을 지었다.

한데…….

"진가장의 첫째가 주축이 됐다 하던데, 그 녀석을 잡으면 되지, 군이 별것도 아닌 일을 처리하며 그렇게 멀리 돌아가야 할 필요가 있겠나."

진가장이란 말에 정한수의 귀가 토끼처럼 쫑긋거린다.

"그가 검기를 사용한다는 소문이 있습니다."

"헛소리!"

대장로의 노성이 터져 나온다.

그가 낯선 사내의 말을 가로막고 핀잔을 줬다.

"검기가 뉘 집 애 이름인 줄 아나. 우리 대화산파 내에서도 검기를 쓸 수 있는 이는 많지 않네. 선택받은 재능을 가진 아이를 고르고 골라 어렸을 때부터 화산의 온갖 혜택을 주고 잘 키워 내더라도, 그중 검기를 쓸 수 있는 이는 몇 없다 이 말이지. 그런데 하남 어딘가에 붙어 있는 중소 가문의 자식이 검기를 써? 자네가 일을 맡긴 천한 녀석들이 자기들의 임무가 실패하자 헛것이라도 본 듯 스스로를 정당화하고 있는 거겠지."

대장로의 말 이후, 방 안이 조용해진다.

그리고 잠시 후 사내의 목소리가 나직하게 흘러나왔다.

"대장로님의 말씀이 맞습니다. 아무래도 제가 너무 과민하게 생각한 듯합니다."

"흠. 알았으면 됐네. 나는 자기 잘못을 시인할 줄 아는 자에겐 박한 사람이 아니라네."

"감사합니다."

다시 대화가 이어진다.

"어쨌거나 자네가 대충 손을 썼다 하니, 곧 잠잠해지겠지?"

대충 손을 써?

그 말의 의미를 모를 리 없는 정한수의 낯빛이 창백해진다.

정한수는 이제 거의 방문에 달라붙듯 하여 얘기를 엿들었다.

"하남엔 소림이 있고, 진가장이 소림과도 조금 인연이 있다 하니, 최대한 조용히 처리하기로 했습니다. 자연스럽게, 아무 문제도 없이 처리할 수 있으니, 대장로께선 신경 쓰지 않으셔도 될 겁니다."

"그것보다 더 중요한 일이 잔뜩 쌓여 있으니, 그 얘긴 결과가 나온 후 다시 얘기하지."

별것도 아닌 걸로 이리 긴 얘기를 나눴다는 것 자체가 대장로는 불쾌했다.

어디 붙었는지도 모를, 그깟 진가장이 뭐라고 자신의 시간을 허비하게 한단 말인가.

그 후 나눠진 얘기는 정한수로선 알아듣기 힘든 것들이 대부분이었고, 이내 끝이 났다.

정한수는 하남에 진가장이 대체 몇이나 있으며, 그중 유청이의 본가가 어디인지 머릿속으로 미친 듯이 떠올려 봤지만 소용이 없었다.

기본적으로 진유청에 대해 아는 게 너무 없었기 때문이다.

드드득!

문이 열리고 나온 사내의 얼굴을 정한수가 직시한다.

"많이 기다리게 하여 미안하구나."

사내는 무림인이라기보다는 말쑥한 관리 같았다.

"아닙니다, 괜찮습니다."

정한수가 고갤 저으면서도 사내의 얼굴 생김을 머릿속에 그려 둔다.

사내가 그런 정한수를 물끄러미 바라보다가 몸을 돌렸다.

"들어오너라."

사부의 말에 정한수가 방 안으로 들어갔다.

"너도 들었겠지만, 요즘 무림이 좀 혼란스럽구나. 내가 하는 모든 건 내 사리사욕 때문이 아니라 오직 화산을 위해 서이니…… . 내 제자인 너도 알아 둬야 한다. 빼앗지 않으면 뺏긴다는걸. 무림의 태산북두라 자처하는 소림이나, 잃을 게 없는 개방 따위와 우린 다르다. 현실 속을 살아가며 문도들을 먹이고 입히고, 좀 더 나은 환경에서 무공 수련을 할 수 있도록 해 줘야 한다. 그래야만 그것이 밑받침이 되어 화산파를 더욱 강해지게 하고, 종래엔 무림맹 꼭대기에 설 수 있게 해 주지. 그것보다 더 중요한 일은 없단다."

정한수는 사부가 왜 이런 이야기를 하는지 알 수 없었다.

"그러니 학관에서 인연을 맺었던 친구 나부랭이들은 모두 잊고 수련에 열중하도록 해라."

아…… 그랬구나.

그래서 사부님이 학관에 있던 자신을 데리고 와서 돌려보내지 않으시는 거구나.

"심부름은 잘했느냐?"

대장로의 물음에 정한수가 바로 대답하지 못하자 인상을 찌푸린다.

"한수야!"

그의 언성이 조금 높아진 후에야 정한수가 정신을 차리고 품에서 뭔가를 꺼냈다.

단순히 뭔가를 전하고 뭔가를 받아 오는 게 오늘 심부름의 전부였다.

저 흰 봉투 안에 들어 있는 게 무엇인가가 중요한 거겠지만.

"이만 나가 보아라."

정한수가 머리를 숙여 사부에게 인사를 한 뒤 방을 나선다.

사람을 자기 마음대로 휘두를 수 있는 장기 말로 여기는 사부를 향한 미움이 마음속 깊은 곳에서부터 솟구쳤다.

사부는 모든 게 화산을 위해서라 했지만, 과연 그럴까?

사부의 방을 화려하게 빛내고 있는 값비싼 골동품과 장식 들이 정한수의 눈에 아프게 들어왔다.

"아이구, 허리야."

홍개가 허리를 쭉 편다.

누가 보면 칠순 노인네가 밭이라도 메고 온 줄 알겠다.

"하루 종일 한 자세로 앉아서 꾸벅꾸벅 졸다가 깨서 밥 먹고, 또 졸다가 깨서 밥 먹고 하니…… 몸이 버티겠나."

청운자가 퉁명스럽게 말한다.

"흥! 할 게 없으니까 그렇지. 자기는 뭐 좀 나아?"

청운자는 자고 일어나면 왕노와 장기나 바둑을 두고, 그도 아니면 좌선을 한 채 명상에 잠겼다.

"나는 누구처럼 뼈마디 부서지는 소리 내며 징징거리진 않는다네."

청운자가 무심한 눈으로 하는 말에 홍개가 콧방귀를 뀐다.

틀린 말은 아니니 반박은 못 하지만, 기분이 나쁜 건 나쁜 거다.

"호선이 못 데려온 것 때문에 아직도 심술이 나서 저러는 게지."

거대 문파 셋의 장로가 모이는 게 되니, 최대한 은밀히 움직인 데다, 유청이를 찾기 위해 어떻게 움직이게 될지 확실한 게 없어 어린 호선이를 떼어 놓고 온 게 내내 마음에 걸리는 것이다.

게다가 하남은 호선이의 아버지가 있는 곳이지 않나.

아직 어린아이가 제 아비가 보고 싶다고 울며 보채지 않는 걸로도 대견한데, 데려올 기회가 왔는데도 챙겨 주지 못했으니 사부로서 마음이 안 좋은 건 사실이지만…….

다 늙어 주책이다, 팔불출 도사 사부.

그런 홍개의 시선을 읽지 못할 청운자가 아니다.

"자네야말로 진호를 못 데려와서 내내 좌불안석이지 않나. 아마 정교를 방주께서 채간 일 때문에 진호도 탐내시는 건 아닌지 걱정하고 있는 거겠지?"

서로 한 번씩 아픈 데를 꼬집고 나니 기분이 뒤틀려 얼굴을 맞대고 있기가 싫어진다.

둘이 동시에 고개를 휙 돌리고 입술을 달싹이며 소리 없이 구시렁댄다.

어쩜 저리 질리지도 않고 같은 짓을 며칠째 반복하는지…….

보고 있는 목영이 학을 뗄 지경이다.

"데려온 아이들은 밖에서 서로 무공 수련도 함께하고 잘 어울리며 친하게 지내는데, 어찌 장로들이란 자들이 이리 매일 다투는 게야!"

"저놈이 먼저 날 건드리지 않았나!"

홍개가 버럭 외치는데, 이건 뭐…… 영락없이 고자질하는 모양새다.

"그냥 어떻게든 우겨서 진 장주를 따라갈 것을. 주인도 없는 빈집이나 지키는 신세가 되다니."

내가 개도 아니고 말이야!

홍개가 파들파들 떨자, 목영이 또 시작이구나, 하며 손님

방을 나섰다.

예전엔 저 정도는 아니었는데 말이야.

차라리 개방 거지도 체면이 있다며 고개 빳빳이 들고 다녔을 때가 더 나았던 거 같기도 하고…….

"선사님! 제가 선사님 드리려고 뒷산에서 나물을 좀 뜯어 왔답니다. 오늘 저녁엔 향긋한 나물을 찬으로 올릴게요."

아이 하나를 등에 업고 환하게 웃는 여인은 유청이의 유모다.

마구간에서 일하는 장씨와 재혼을 하고 아이까지 낳아 한창 바쁠 텐데도 불구하고 유청이 때문에 내내 걱정하며 진가장을 지키다가, 그 아이가 무사하단 얘기를 들은 후에야 집으로 갔다.

그리고 이젠 아침저녁으로 들러, 안주인이 없어 여인들의 손이 닿아야 할 곳이 필요한 진가장을 돌보는 것이다.

이 늙은 중을 위해 직접 풀을 뜯고 나물을 캐며.

유모가 간 다음엔 어디선가 들려온 나무 쪼개는 소리에 이끌려 목영이 천천히 발걸음을 옮긴다.

퍼억!

소리의 진원지로 가 보니 마봉구가 웃통을 벗어던지고는 도끼도 없이 맨손으로 나무를 패고 있었다.

그래, 말 그대로 나무를 두들겨 패고 있다.

쩍쩍 갈라지는 나무도 있지만, 완전히 부서져 쓰기 어려울 정도로 조각이 난 게 대부분이었다.

"선사님, 나오셨습니까?"

마봉구가 목영 선사를 보고 인사를 한다.

쌀쌀한 날씨인데도 땀을 흠뻑 흘리는 걸로 봐선…… 기운을 운기하지 않고 있는 건가?

천생 신력을 타고났다곤 들었으나, 꽤나 인상적인 광경이었다.

그런데 왜 마가장의 장주가 진가장에서 장작을 패고 있을까?

"뭐하는 게요?"

"하인들이 땀 뻘뻘 흘려 가며 고생하기에 제가 좀 대신해 주려고 나섰습니다. 이런 건 아무래도 잘하는 사람이 하면 금방이지 않습니까?"

험상궂은 얼굴에 담뿍 웃음을 담고 있으니…….

아니다. 불심으로 사람을 눈에 담아야 하는 내가 어찌 그런 생각을!

목영이 합장을 하고 머리를 숙여 마음속으로만 마봉구에게 사과를 한 뒤, 어리둥절해 있는 마봉구에게 말했다.

"마가장으론 가 보지 않아도 되오?"

"마가장이야 제가 없어도 알아서 잘 돌아가겠지요."

마봉구가 화통하게 대답했다.

의형제들이 마가장을 돌볼 거라 믿는데다, 진 장주가 없는 진가장이 너무 허전해 보여서 자신이라도 남아 자리를 채우려 하는 것이다.

"허허, 그렇구려. 그럼 수고하시게나."

목영이 그의 마음을 읽고 고개를 끄덕이고는 다른 곳으로 걸음을 옮겼다.

걸음을 옮기는 한 발짝 한 발짝 동안 참 많은 사람을 만난다.

호선이의 아버지인 유태는 물론이고, 유청이와 어울려 놀던 아이들이나 그 가족들은 하나씩 꼭 있는 듯했다.

"진 장주의 인망이 높군."

기꺼운 일이다.

목영이 진가장 내를 한 바퀴 빙 둘러본 뒤, 진가장 무사들이 사용하는 연무장으로 향했다.

거기에는 세 문파와 더불어 진가장 무사들, 진가장을 지키는 다른 중소 가문이나 문파의 제자들이 한 덩이로 어우러져 이런저런 수련을 하고, 각각의 무공에 대해 이야기를 나누고 있다.

"여기가 낙원이군, 여기가 낙원이야."

바라는 건 먼 곳에 있지 않은 것이다.

목영은 연무장 구석 한자리를 자신이 채우려 성큼 한 발을 내딛었다.

오늘 용기 있게 자신에게 무공에 대해 묻는 이는, 자신이 좀 전에 느낀 깨달음을 고스란히 전해 받을 수 있을 것이다.

"하앗!"

기합성이 여기저기서 터져 나오는 연무장 한가운데 자리 잡은 목영이 누군가 자신에게 다가오길 기다리며 눈을 감았다.

비령문의 도첨은 자신의 뒤를 따라오는 무사들을 힐끔거렸다.

등 뒤에 든든한 아군이 이만큼이나 있으니 마음이 날아갈 것 같다.

"맞아. 그 눈엣가시 같은 진가장을 싫어하는 이가 하남에 나만 있을 리가 없지! 암!"

무엇보다 자신의 뜻에 동조하는 이들이 이만큼이나 되고, 자신이 우두머리처럼 선두에 서서 무리를 이끌게 되니 더욱 그렇다.

자신의 아들인 도양기가 소림 고승의 기명제자가 되어 비령문의 앞날이 탄탄대로로 뻗어 나갈 거라 기대했던 칠년 전.

갑자기 튀어나온 천둥벌거숭이 같은 다섯 살짜리 어린애 하나에게 완전히 체면을 구기고 진창에 처박혔다.

그리고 전세는 완전히 역전돼 진가장은 계속 성세를 드높이며 독주를 시작했다.

처음엔 따라잡을 수 있을 거라 여겨 안간힘을 썼지만, 진가장에 개방과 무당의 장로라는 이들까지 나타난 이후론 아예 모든 걸 포기했다.

소림에 간 아들 도양기라도 두각을 나타내 도첨기에게 희망을 불어넣어 주었다면 좀 나았을 것을……

자신의 눈엔 분명 무공에 천부적인 자질을 타고 태어난 듯 보였던 아들이 실상은 그저 그런 수준이란 걸 알게 됐을 땐 눈물이 앞을 가렸다.

대체 진가장은 터가 얼마나 좋기에 첫째는 물론, 둘째까지 그리 잘 나게 잘 자랐는지.

그나마 그렇게 대단하다 소문만 무성했던 둘째 진유청이 집을 나가 소식이 없단 얘기로 위안을 삼지 않았다면, 도첨은 벌써 진작에 뒷목 잡고 콱 쓰러져 일어나지 못했을지도 모른다.

그렇게 한이 쌓여 있던 도첨 앞에 진가장의 콧대를 콱 눌러 줄 수 있는 기회가 생겼으니, 그는 절대 놓칠 수가 없었다.

"그러니까 진가장 첫째가 외부로 수행을 나갔던 우리 제자를 도적으로 오인하여 불구로 만들었다고 하면 된다 이거지?"

며칠 전 찾아온 사내가 두둑한 주머니와 함께 자세히 가르쳐 준 방법이다.

진가장과 원한이 있으나 개인적인 일로 얼굴을 드러낼 수 없어 대신 부탁하는 거라던 사내는, 자신이 말한 대로 하면 틀림없이 통할 거라 했다.

진실을 확인해 줄 진이현도 진가장에 없으니, 진 장주는 어쩔 수가 없으리라.

그러면 도첨 자신은 진가장을 압박하고 원하는 만큼 난동을 부린 뒤, 피해까지 보상받아 두둑하게 뜯어내면 된다.

"이렇게 쉬운 방법이 있었다니."

도첨 자신이 생각해도 이건 빈틈을 비집고 들어가 상대가 어떻게도 피하기 어렵게 만드는 한 수였다.

크게 타격을 입히진 못하지만, 어차피 도첨 자신도 그렇게까진 바라지 않는다.

인정하긴 싫지만 진가장은 예의가 바르고 마음이 넓어 잘못이 있다고 하면 깨끗하게 시인할 테고, 도첨이 행패를 부려도 뒤탈이 없을 터였지만…….

그 이상 잘못 건드렸다간 진가장의 친구들이 들고일어나리라.

하남에 살며 진가장과 엮이지 않은 이가 없으니, 아무리 될 대로 되라 막 나가는 도첨이라 해도 그렇게까진 할 수가 없었다.

"다 왔군."

도첨이 진가장 정문 앞에 서서 현판을 올려다봤다.

진가장이라 쓰인 글자만 봐도 이가 갈린다.

오늘 도첨은 마음껏 진가장을 뒤집어엎고, 진호철에게 수치를 주리라!

어찌 아들을 그렇게 포악하게 키웠냐고 속에 쌓였던 걸 모두 풀어놓으리라!

도첨이 한 다리를 번쩍 들고 기운을 전력으로 끌어올려 진가장 정문을 향해 내질렀다.

콰아앙!

문짝이 굉음을 내며 강한 충격으로 인해 빗장이 풀렸다.

"뭐야?"

안에서 사람 소리가 들린다.

도첨이 턱을 치켜들고 크게 외쳤다.

"진호철, 나와라! 나 비령문의 도첨이다!"

도첨이 만족감에 찌릿거리는 희열을 온몸으로 느낀다.

그리고…….

"어느 자식이야?"

거친 욕설과 함께 문 안쪽에서 삐죽 머리를 내미는 건…….

"웬 거지가……?"

도첨의 말에 홍개의 얼굴이 와락 구겨진다.

"거지보고 거지라 하는데, 왜 기분이 상하는 겐가?"

뒤이은 청수한 얼굴에 어울리지 않는 차가운 목소리가 도첨의 정신을 번뜩 들게 한다.

저 사람은 도사다.

그러면 그 뒤에, 햇빛에 반짝이는 저 맨들거리는 머리통은…….

"중?"

목영 선사가 왠지 홍개의 마음을 이해할 수 있을 것 같단 생각을 하며 고개를 끄덕인다.

"자네는 대체 누군가? 왜 주인도 없는 집의 문짝을 부숴 버릴 듯 발로 찬 겐가?"

도첨이 뭔가 불길함을 느끼고 고개를 돌리는데…….

자신의 선동에 한몫 거들며 힘을 보탰던 이들이 슬금슬금 뒤로 물러나는 게 보인다.

"어? 비령문의 도 문주 아닌가?"

웃옷을 벗은 채 뛰어오는 마봉구가 아는 척을 했다.

"비령문? 그게 어디 있는 거야?"

홍개가 미간을 좁히며 중얼거리자, 도첨이 콧구멍을 벌름거렸다.

이, 이런 얘기는 없었는데?

진 장주 말고 다른 사람이 있단 얘긴 안 했잖아!

자신을 찾아온 사내의 옷깃을 틀어쥐고 목을 졸라 탈탈 흔들며 묻고 싶은 심정이었다.

"자, 들어가서 이야기하지."

청운자가 도첨을 안으로 들인다.

"아, 아니, 괜찮습니다. 저, 저는 그냥 가 봐도……."

도첨은 이 상황에 절대 진가장 안으론 들어가고 싶지 않았다.

하나 청운자가 그의 말에 귀를 기울여 줄 리가 없다.

"밖에 있는 녀석들도 데려와라."

청운자가 연무장에서 수련을 하다 말고 달려온 제자들에게 눈짓을 하자, 무당의 제자들이 땅을 박차고 뛰어올라 담을 훌쩍 넘은 뒤 진가장을 둘러싼 이들과 대치했다.

"진 장주는 없으니…… 장주 대리인 나와 이야기하도록 하지."

홍개의 말에 주변 사람들이 기겁을 한다.

자, 장주 대리? 언제부터?

목영이 조량을 데리고 와서 홍개를 밀어낸 뒤, 그가 서 있던 자리에 세운다.

"자네가 알아서 하게."

진가장 일이니까 아무래도 진가장이 알아서 처리하는 게 여러모로 보기 편하리라.

"무슨 일로 오셨습니까?"

조량이 딱딱한 얼굴로 묻는다.

조량은 장주님과 소장주님, 그리고 유청이가 없는 진가장에 위해를 가하려 한 도첨에게 강한 적대감을 느끼고 있다.

"……그게……."

도첨은 이 상황에서 진이현이 사고를 쳐서 자신의 문파 제자 하나를 불구로 만들었다는 거짓을 고할 수가 없었다.

저들이 하는 양을 보니, 자신이 그렇게 말하면 모두 우르르 나서서 사실을 조사하려 들 텐데…… 그러면 완전 낭패가 아닌가.

게다가 도첨 자신의 아들이 몸을 의탁하고 있는 소림의 목영 선사까지 있는 이상!

"유청이가 집을 나갔단 얘기를 이제야 듣고, 걱정이 돼서 달려온 참입니다."

믿을 수 없다는 듯 주변의 시선이 싸해지지만 도첨은 꿋꿋했다.

"정말입니다."

억지로 말아 올린 입가가 파르르 떨리고, 눈가는 촉촉이 젖어 붉게 변한다.

한 번만 봐주세요!

이렇게 다들 모여 있는 줄 알았으면, 절대 안 왔을 겁니다!

도첨의 목구멍에서 소리 없는 절규가 흘러나왔다.

〈『귀환! 진유청!』 제6권에서 계속〉

귀환! 진유청!

1판 1쇄 찍음 2011년 1월 4일
1판 1쇄 펴냄 2011년 1월 7일

지은이 | 로 토
펴낸이 | 정 필
펴낸곳 | 도서출판 뿔미디어

기획 | 이주현, 한성재
편집책임 | 장상수
편집 | 이재권, 심재영, 조주영, 주종숙, 이진선
관리, 영업 | 김미영

본문, 표지 인쇄 | 광문인쇄소
제본 | 성보제책사

출판등록 | 2002년 9월 11일 (제081-1-132호)
주소 | 부천시 원미구 상3동 533-3 아트프라자 503호 (우)420-861
전화 | 032)651-6513 / 팩스 032)651-6094
E-mail | BBULMEDIA@paran.com
홈페이지 | www.bbulmedia.com

값 8,000원

ISBN 978-89-6359-830-7 04810
ISBN 978-89-6359-513-9 04810 (세트)